그릴 수 없는 새소리

그릴 수 없는 새소리

안재진 산문집

우리책

그릴 수 없는 새소리

초판인쇄 2013년 2월 20일
초판발행 2013년 2월 25일

지 은 이 안재진
대   표 김남석
펴 낸 이 김정옥
펴 낸 곳 우리책
등   록 2002년 10월 7일(제2~36119호)
주   소 서울시 강남구 일원동 640-4
전   화 02-757-6711
전   송 02-775-8043

책값은 뒤표지에 표시되어 있습니다.

잘못된 책은 바꾸어 드립니다.

ISBN 978-89-90392-45-9 03810

작가의 말

젊은 날, 나는 시인이 되겠다는 꿈을 꾸었다. 그때 끓어오르는 열정을 표출하는 방법으로 간간이 가슴을 앓으면서 습작한 작품이 있었다. 차마 없애지 못하고 낡은 사진첩처럼 서재 한 편에 꽂아두었는데 항상 마음을 울렁거리게 했다. 그런 감정은 나이가 들수록 더욱 더해져서 십여 년 전부터 삶을 정리하는 마음으로 조심스럽게 원고를 들추기 시작했다.

무척 힘든 일이었다. 그동안 줄곧 산문을 써온 터라 詩的 함축에 익숙지 못했다. 습작 당시의 詩情을 끌어내는 것도 예사롭지 않았지만 詩語 정선이나 수다스럽지 않은 전개과정도 간단치 않아 과연 詩라 할 수 있을지 염려하면서 다섯 권의 시집을 출간하였다.

그런 가운데도 이런저런 지면으로부터 청탁 받아 써온 산문이 정리되지 않아 찜찜하던 터에 마침 우리책 김남석 대표께서 출판하시겠다는 의사를 타진해와 감사한 마음으로 승낙하고 출간하게 되었다.

뜻이 없는 곳엔 머물지 말고 길이 아닌 곳은 밟지 않겠다는 게 평소의 생각이었는데 두려움이 없지 않다. 오늘날 급변하는 문화충격과 가치혼란에 글을 쓴다는 자체가 사회적 기능으로서 의심받는 처지에 과연 옳은 일인가 하는 의문 때문이다. 더구나 나를 모르면서 나 밖의 세계를 추적하려는 의도도 민망스럽고. 그렇다고 골목 길 느티나무처럼 그냥 입을 닫고 가슴을 옹그리며 묵좌할 수만은 없지 않는가. 삶의 신념이 해야 할 일은 그렇더라도 하고 싶은 일은 서슴지 않았으니 비록 세상 관심에서 멀리 비켜있더라도 내 관심만은 어쩔 수 없지 않느냐.

결국 내 갈비뼈를 내가 뽑아버릴 수 없는 것처럼 내 생각과 의지 속에 무수히 꿈틀거리는 암묵의 또 다른 나를 사랑하므로 세상의 빛을 쬐게 하려는 것이다. 설령 독자가 나 혼자라도 좋고, 운이 있어 덤으로 누구 한 사람 기웃거리면 더욱 좋을 것이라는 생각을 하며 부끄러워한다.

2013년 2월
고향 집에서 안재진 쓰다

▋차례▋

3 골목안 사람들

4 편지

1
생명 그리고 자연

풀벌레 소리

두어 달 만에 고향 집을 찾았다. 오래 비워둔 집이라 무언가 서먹서먹하다. 간신히 마음을 가다듬고 잠을 청하지만, 눈이 감기질 않는다. 되레 정신만 말똥말똥하여 온갖 상념이 강물처럼 이어진다. 이미 오래전에 쓰레기 더미 속에 처박은 너절한 일들이 떠오르고, 결코 생각하고 싶지 않은 사연들까지 차례로 나타나 머리를 어지럽힌다.

고향도 멀어지면 타향이라 했던가. 처음 떠나 살 때는 문득문득 그리웠다. 골목길도 그리웠고, 그 골목길에 들꽃같이 곱게 피어 웃는 이웃들도 그리웠다. 맞이하고 떠나보낸 동구 밖 느티나무 그늘도 잊을 수 없었고, 봄이랑 가을이랑 무언가 끊임없이 새로운 역사를 몰아오던 바람결도 잊을 수 없다. 솜털 같은 바람이 대지를 쓰다듬으면 빈터마다 무리지어 꽃은 피었고, 여울물 소리 같은 바람이 스산하게 슬렁이면 수목들은 일시에 붉은빛으로 변신하여 먼 여행을 떠나게 하는 바람이었다.

그런 감정은 나도 모르게 가문 날 논물이 잦아들 듯 서서히 지워지고 이제는 하나둘 낯설게 느껴지니 세월 탓만은 아닌 것 같다. 사람들의 마음이 막히고, 이웃이 막히고, 길처럼 뚫려있을 것 같으면서도 모든 관계가 철저하게 단절된 도시의 벽 속에 갇혀 살다 보니 어쩜 내 마음도 돌처럼 굳어져 그런지 모른다. 보이는 것마다 두렵고, 들리는 소리마다 짜증스럽고, 생각하는 일마다 의심스러운 뒤틀린 시대의 풍속도, 그런 도심 속에 눈먼 사람처럼 허우적거리며 적응하다 보니 끝내 사람 만나는 자체가 불편스러울 만큼 내 정서와 감정은 돌이 되었나 보다.

잠을 이루긴 틀린 것 같아 차라리 날밤을 새우기로 마음먹고 작은 창문을 열어 젖혔다. 풀벌레 소리가 요란스럽게 밀려든다. 그것도 한두 마리가 아니라 거대한 무리가 한꺼번에 쏟아내는 장엄한 하모니였다.

나는 홀린 듯 풀벌레 소리를 따라 밖으로 나왔다. 서편 모퉁이 조그만 뜰에서 흘러나온 소리다. 그곳은 지난봄 선홍빛 영산홍이 구름처럼 엉클어져 피었고, 지금은 푸른 잎사귀가 뒤덮었으니 아마 풀벌레의 아늑한 놀이터가 되었나 보다.

그런데 그 울음소리가 예사롭지 않다.

해거름에 산모롱이를 돌아가며 긴 울림을 남기는 기적소리 같기도 하고, 어느 산사 종소리처럼 무성했던 여름을 가슴에 쓸어 담고 붉게 물든 산허리를 밟으며 빠른 걸음으로 빠져나가는 계절의 떨림 같기도 하다.

이상한 느낌이 들어 고개를 쳐들고 하늘을 바라보니 어둠 속에도 밤하늘이 무척 맑게 다가온다. 반쪽 달빛은 벚나무가지 사이로 조용히 흔들리고 길게 늘어진 나무 그림자는 오늘따라 무슨 유령처럼 차갑게 느껴진다.

무엇을 거두려는 것일까. 분명 그냥 들리는 풀벌레 소리가 아닌 것 같다. 가을을 불러들이는 애잔한 떨림이다.

아니, 지겹게 끌어안고 있던 모든 것을 털어버리고 원초의 모습으로 돌아가야 한다는, 그 길을 인도하는 간절한 전주인지 모른다.

사실 오늘 낮만 해도 무척 더운 날씨였다. 30도를 오르내리는 찌는 듯한 열기는 길거리를 한산하게 만들었고, 세상 물정에 어두운 나는 휴가철을 예견치 못해 차표마저 구할 수 없었다. 오래전에 미리 약속한 일인 지라 이리저리 뛰어다니며 간신히 버스표를 구해 탈 수 있었다. 냉방시설이 허술한 낡은 차량이라 온몸이 땀으로 범벅된 채 4시간도 넘게 먼 길을 달려왔다. 그리고 개떡 같은 강의를 하느라 온몸은 파김치가 되었다.

이렇듯 여름은 물러날 기미가 보이지 않은데 말이 없고 생각이 없고 문명도 누릴 줄 모르는 작은 생명이 무슨 능력으로 가을이 발밑 가까이 서성거린다는 천상의 소리를 전하는 것일까.

그렇다, 분명한 생명인데도 아무렇지도 않게 풀잎을 밟고 다니는 무례처럼 인간은 세상 앞에 진지하지 못한 것 같다. 관심 밖이었던 생명, 그 풀벌레가 인간이 알지 못하는 세계를 미리 알아 유난스럽게 울림을 만드는 신비 앞에 나는 모처럼 겸손이란 뜻을 생각한다.

어릴 때 할머니는 예지적인 말씀을 자주 하셨다. 석양이 유난히 붉게 타오르면 며칠 동안 몹시 덥겠다 하셨고, 솔방울이 지나치게 다닥다닥 많이 달린 것을 보면 가뭄이 심한 해가 되겠다고 하셨다. 달무리가 선명한 여름밤에는 3일 안에 비가 온다고도 하셨고, 마을에서 마주 보이는 채약산 능선에 안개가 자주 깔리면 올해는 비가 많아 흉년이 들겠다고도 하셨다.

할머니에게 무슨 특별한 신통력이 있어서 그런 말씀을 한 것은 아니었다. 세상을 당황스럽게 만드는 예견자도 아니요, 대나무를 흔들며 남의 운명을 재단하는 점성가는 더더욱 아니다. 가까운 읍내 시장에도 가본 적이 없는 그야말로 가정이란 테두리 속에서 운명처럼 갇혀 산 분이다.

그런데 그런 할머니가 가끔 독백처럼 흘린 말이 용케도 맞아떨어지는 일이 더러 있었다. 그때는 할머니에게 눈 밖에 또 하나의 다른 눈이 있는 줄 알았다. 지금 생각하면 비록 세상 물정 모르는 할머니였지만 눈만 뜨면 바라보이는 하늘과 바람, 해와 달, 산하와 숲에서 보고 느낀 경험적 영감이었거나 옛사람의 선험적 주지를 놓치지 않고 가슴에 품어온 탓이라 생각된다.

이렇듯 자연은 인간이 예측 가능한 시공의 질서와 운명을 은밀히 일러주고 있지만, 인간은 그런 사실을 모르고 있거나 눈을 감고 생각을 멈추었기에 볼 수 없었던 것은 아닐까.

오늘따라 풀벌레 소리가 애틋하게 나를 끌어당긴다. 그 소리에 젖어 있노라니 항상 하찮게 생각했던 관심 밖 그 풀벌레가 어떤 면에서는 나보다 더 높은 곳에서 나를 지켜보고 있다는 생각을 하게 된다.

곧 가을이 오겠구나. 서럽게 타오르는 그 이파리들이 바람 따라 흩날리면 나는 어느 길에서 무엇을 만나야 할까.

라일락 앞에서

대문을 나서려는데 앞집 담장 너머 라일락이 활짝 피어 웃고 있다. "삼사 월 긴긴 해에 점심 굶고 어이 살고"로 시작되는 민요가 있었던가. 가난한 사람에겐 봄날 하루가 그렇게 길게 느껴질 테지만 봄은 빠른 걸음으로 달려온 듯하다.

사나흘 전에 라일락 가지를 볼 때는 수수알처럼 작은 꽃망울이 애처로울 만큼 차가운 모습으로 옹기종기 엉켜있었다. 그런데 철 늦은 감기 탓으로 며칠 간 바깥출입을 삼간 체 혼자 끙끙 앓고 있느라 꽃나무가 벌이는 생명의 향연을 볼 수 없었다. 다행히 오늘 가벼운 느낌이 들어 골목길이라도 둘러볼까 생각하며 슬그머니 대문을 밀치는데 이렇듯 하얀 꽃무리가 피어있으니 무슨 일이든 관심을 두지 않는다고 세상사가 멈추는 건 아닌가 보다.

문득 사람 사는 게 어지럽다는 생각이 든다. 자연은 때에 따라 제 모습을 갖추는데 대부분의 인간은 자신만이 자연의 순리에서 벗어난 것처럼 세상을 지배하고 주도할 수 있다는 망상을 하고 있는지 모른다.

달포 전에 평소 잊을 만하면 안부를 전해오는 K군이 국회의원에 출마했다는 전갈을 받고 찾아갔다. 그의 출마는 처음이 아니었다. 어림잡아도 너더댓 번은 될 것 같다. 그러나 한 번도 선택받은 일은 없다.

처음 한두 번은 세상을 나무랐다. 순수하며 소신 있고, 진취적이며 사회적인 젊은 사람을 외면하는 것은 우리 사회의 미래가 희망적이지 못하다는 생각이 들어서다. 그에게 얼마나 기대를 했는가 하면 내 형편으론 분에 넘칠 만큼 후원금을 낼 정도였다.

하지만 그런 기대도 한두 번이지 그 후로는 이건 아니라는 회의를 하게 되었다. 무슨 이유인지는 모르지만 연이어 지지를 받지 못한다는 것은 내가 모르는 채워질 수 없는 무엇이 있다는 생각이 들어서다. 그리고 내가 아니면 안 된다는 그의 소신이 어쩜 오만일 수 있다는 의문을 품게 되었고 더불어, 사람이 살아가는 데 반드시 최선만 있을 수 없으며 냉철한 성찰에 따라 차선을 선택할 수 있는 용기가 바람직한 이성이요 지혜라는 생각을 하게 되었다. 그러면서도 매정하게 돌아설 수 없었던 것은 오랜 세월 동안 진정으로 다가서는 그의 인정 때문이었다.

사실, 세상엔 내가 아니면 안 된다는 진리는 없다. 봄이 오면 라일락이 피는 것처럼 아무리 험하고 괴로운 환경이라도 세상은 굴러가게 되어 있다. 그런데 손을 잡아주는 사람이 없는데도 내가 정의라고 다수를 성토하는 것은 온당한 사고라 할 수 없으며, 그런 허황한 사고가 때에 따라서는 이기적인 고집이 되어 더 깊은 갈등을 불러일으킬 수 있다.

나는 담벼락을 사이에 두고 한참 동안 서 있었다. 사람들은 라일락 꽃에서 짙은 향기가 난다고 하지만 웬일인지 나는 그 향기를 맡을 수 없다. 감기 탓으로 후각을 잃은 것은 아닐 테고 찌든 도시생활에 젖어 감정을 잃어가는 것일까. 어쩜 향기는 느끼려는 사람에게만 자극되는 것인지 모른다. 그러니까 나는 꽃이 곱다고만 생각했을 뿐 향기는 생각하지 않았던 것 같다. 비록 코끝으로 향기를 느낄 수 없어도 새삼스럽게 가슴으로 깊이 들이마신다. 이러다 보면 내 빈자리에도 꽃은 피고 향기는 쌓일지 모른다는 기대를 하면서 말이다.

문득 고향 집 뜰을 생각한다. 그곳에는 이따금 마음이 허전할 때 슬그머니 찾아가서는 이리저리 빈터마다 심어둔 꽃나무가 많다. 특히 큰 아이 내외가 내 마음을 짚어 온갖 나무를 심어 놓았다. 여러 그루 목련이 있고, 자두나무, 박태기, 벚나무, 개나리, 이팝나무, 진달래, 영산홍, 철쭉, 조팝나무, 홍매화, 찔레, 석류나무, 관상용으로 앵두알처럼 익어가는 능금나무도 있다. 그 밖에도 꽃을 피우지 못하거나, 넓은 잎사귀에 가려 숨은 듯 꽃을 피우느라 주목 받지 못하는 나무도 있다.

나는 자주 그들과 어울려 이야기를 나눈다. 어떻게 꽃과 말을 나눌 수 있느냐고 의아해할지 모르지만, 꼭 말소리만으로 대화가 되는 것은 아니다. 내가 꽃들의 마음을 간절히 읽고, 꽃이 웃음으로 응대하면 전류처럼 교감 되는 그게 대화다.

꽃들 앞에 서면 때로는 한없이 작은 나를 발견하게 된다. 아무리 보아도 먹을 것을 두고 싸우지 않고, 아름다우면서도 뽐내지 않고, 향기가 있으면서도 다른 생명에 나눠주고, 바람에 흔들리면서도 본분을 흐트러뜨리지 않는, 그러면서도 보이지 않게 스스로를 키우고 가슴을 넓히면서 잎을 틔우고 꽃을 피워 나를 기쁘게 하고 세상을 환하게 가꾸는데 어찌 그 앞에 사람이기를 떳떳하게 생각할 수 있겠는가.

꽃에는 어떤 그릇됨도 보이지 않는다. 기쁨이나 슬픔이 보이지 않고, 명예나 영광을 모르며 영원도 꿈꾸지 않는다. 앞에 서려 하지도 않고, 자신만이 역사의 주인이 되어 모든 걸 지배할 수 있다는 망상도 하지 않는다. 오직 운명적 섭리에 따라 스스로의 길에 정열을 쏟아 꽃이란 아름다움을 발현하고 그 어떤 생명도 흉내 낼 수 없는 향기를 발산하여 세상을 의미 있게 환치시키는 것이다.

이보다 거룩한 신성이 어디 있는가. 이보다 더 깨달아야 할 진리가 어디 있는가. 바로 꽃의 비밀은 인간이 궁구하고자 하는 그 무엇보다 거룩하고 심오한 교육이며 과학이다. 그리고 절대적 예술이요, 종교이다.

나는 끝내 바람에 나부끼는 작은 티끌처럼 더는 세상 속으로 걸어갈 엄두를 내지 못하고 내일쯤 고향 집으로 갈 작정을 한다.

가서는 한창 웃고 있을 꽃들과 무슨 얘기를 나눌까. 그중에서도 구름처럼 피어 있을 자줏빛 라일락 꽃 앞에 어떤 웃음으로 내가 왔음을 알릴까. 그리고 꽃의 마음이 어떤 화두로 전해올지 생각한다.

동구 앞 소나무

마을 어귀에 늙은 소나무 한 그루가 있었다. 삼백여 년 전에 마을을 융성하게 하였던 유능한 선대 유학자가 심었다고도 하고, 또는 그전부터 자연 발생적으로 자란 나무라고도 했다. 물론 나무의 생태과정에 의미를 두려는 것은 아니다. 다만 그 나무가 전해준 정서적 감정이 유별하여 항상 마음속 어떤 신성처럼 나를 풍요롭게 만들어 주었기 때문이다.

넓고 푸른 잔디밭 가장자리에 까마득한 전설처럼 늠름하게 버티고 선 소나무, 사철 청정한 자세로 마을을 오가는 사람들을 지켜보며 그들이 펴 놓은 숱한 얘기를 남몰래 간직하고 있는 듯한 기품은 차라리 한 그루 나무라기보다 누구도 범접할 수 없는 거룩한 절대자의 신비를 느낄 정도였다. 그래서 나는 가끔 나무 밑에서 나무의 숨소리를 들으며 인생을 엮곤 했다. 어둡고 질척한 긴 터널처럼 내 젊음이 막연할 때는 이곳 풀밭에 누워 하늘과 나무를 번갈아 올려다보며 가슴이 찢어지도록 눈물을 흘려야 했고, 어쩌다 좋은 일이 생기면 가까운 사람들을 불러 모아 밤이 새도록 술잔을 기울이며 기쁨을 나누기도 했다. 그뿐만 아니라 나무는 이미 물길처럼 흘러간 마을의 아픈 기억도 줄줄이 꿰고 있을 것 같았다.

가난했던 시절, 가뭄이 들어 온 마을 사람들이 풀뿌리를 뜯어 먹다 누렇게 뜬 얼굴로 퍽퍽 쓰러지는 참담함도 보았을 것이고, 일제 강점기에는 자신과 아무런 상관도 없는 먼 타국 땅 전쟁터로 끌려가거나 더러는, 살길이 막연하여 몇 번이나 살던 곳을 뒤돌아보며 간도 땅을 찾아가는 기약 없는 발걸음도 기억할 것이다. 해방을 맞아서는 사상이나 이념이 무엇인지도 모르면서 잘난 놈들의 혀끝에 현혹되어 서로 적이 되어 밤에는 붉은 전사가 들이닥치고 낮에는 토벌대가 몰려들어 마을이 온통 불바다가 되고 사람들은 떼죽음을 당한 것도 알 것이고, 끝내는 민족의 가슴에 총을 난사하여 처절하게 유랑하는 피난민의 대열도 가슴에 새겼을 것이다. 간신히 죽음의 골짜기를 피하여 용케 돌아온 마을 사람들은 폐허의 땅에서 또다시 가난과 싸우는 서글픈 정황도 잊지 못할 것이다.

그러기에 나는 다른 나무들처럼 그냥 서 있는 나무로 보지 않았다. 완성된 존재, 이 땅의 주인은 자연이라는 인식, 어느 누구도 침해하거나 거스를 수 없는 존엄한 생명이란 사실을 믿었기에 더욱 연민을 가졌는지 모른다.

그런데 그 나무가 죽었다. 내가 고향을 떠난 몇 해 후 강폭을 넓힌다면서 잔디밭이 반쯤 잘려나가고, 그러다 보니 나무는 육중한 시멘트 옹벽에 둘러싸여 강 복판으로 밀려나게 되었다. 그때부터 나무는 시름시름 말라들어 끝내는 앙상한 몰골로 흉물스럽게 죽어 버렸다. 결국, 나무만이 죽은 게 아니라 내 유년의 사록과 마을을 둘러싼 사연과 정감이 함께 소멸된 것이다. 아니, 그보다 더 아프게 조여 오는 건 인간의 오만이었다. 결코, 넘어서는 안 될 신의 영역과 자연의 섭리에 무모하게 덤비는 것 같아서다. 그리고 어떤 생명이건 그 생명을 소중히 대할 줄 모르는 미래는 과연 어떤 모습일까 하는 두려움도 떨칠 수 없다. 왠지 소나무가 죽은 고향 마을이 아득하게 멀어 보인다.

잡초와 생명

　아직 가을은 저만큼 멀어 보이는데 담 모퉁이 외진 자리에 코스모스가 애처롭게 피어있다. 무슨 바쁜 일이 있었을까. 마치 먼 길을 떠나는 나그네가 애달픈 마음을 어쩌지 못해 차마 발길을 옮길 수 없어 흔드는 손길 같다.

　왜 이토록 서러워 보이는 걸까. 나는 볼 일이 있어 읍내로 향하던 발걸음을 멈추고 다가갔다. 가까이 보니 저마다 지닌 꽃빛에서 뿜어내는 물기가 뚝뚝 떨어질 것같이 애처롭다. 더구나 꽃대보다 더 자란 잡초가 반쯤 꽃송이를 가리고 있으니 남의 생을 늘어 잡고 막아서는 것 같았다.

　그냥 돌아설 수가 없었다. 팔을 걷고 잡초를 뽑기 시작했다. 잡초 또한 남의 일에 무슨 간섭이냐는 듯 뿌리 쪽이 완강히 흙을 잡고 늘어진다. 이렇듯 한참 동안 씨름하고 있는데 누군가 "어이" 하고 아는 체한다. 돌아보니 조금 떨어진 곳에 살진 돼지처럼 체격이 당당한 사람이 히죽이 웃으며 멀거니 쳐다보고 있다.

낯선 사람인 듯하면서도 어디선가 본 듯한 사람이다.

그는 성큼성큼 다가서더니 "모르겠느냐"고 다그친다. 순간 황당스러웠다. 모른다고 물러서려니 당사자에 대한 예의가 아닐 것 같고, 그렇다고 아는 체를 하려니 무엇 하나 잡히는 게 없어 "글쎄올시다." 하고 어정쩡한 태도를 보이고 말았다. 그는 잠시 머뭇거리더니 "나 봉태일세" 하고 손을 내민다. "뭐, 봉태……. 혹불알" 나도 모르게 불쑥 내뱉으며 손을 잡았다. 그는 여전히 차분한 표정으로 "그래 혹불알이야" 하고 이번에는 어깨를 당겨 힘껏 끌어안는다. 죽은 사람이 돌아온 듯 우리는 한동안 그렇게 뜨겁게 가슴을 달구고 있었다.

그는 어릴 때 친구다. 가난한 시절 길섶 잡초처럼 아무렇게나 밟히며 살아온 이웃동네 형제다. 왼쪽 허벅지 깊은 곳 불알 밑에 검정콩보다 더 큰 점이 있었다. 아니 점이라기보다 혹이었다. 어린 나이로 본인은 무척 감추고 싶었지만, 여름철이면 날마다 냇가에서 물놀이를 하였으니 가려질 수 없었다. 그때 얻은 별명이 "혹불알"이다. 어쩜 그를 기억하는 데는 본명인 봉태보다 별명이 더 익숙하다. 그게 육십 년 전인데, 가난에 못 이겨 여남은 살 되었을 때 홀연히 어디론가 떠난 후 지금까지 소식이 감감했던 그 아이가 하얀 머리칼을 날리며 내 앞에 나타난 것이다.

우리는 자리를 옮겨 이런저런 얘기를 나누었지만, 줄곧 떠오르는 건 어린 시절 그의 모습이었다. 아버지는 술집 여인과 눈이 맞아 같은 동네에서 주막을 차렸고 어머니는 남의 집을 돌아다니며 농사일을 품팔이했다. 가족에게 보호를 받지 못한 혹불알은 남의 집 논밭을 기웃거리며 감자랑 고구마를 캐어 몰래 구워먹기도 하고 완두콩을 따거나 옥수수를 꺾어 삶아 먹기도 했다. 그리고 참외나 수박, 복숭아나 능금 같은 과일을 넘보다가 주인에게 끌려가 매를 맞기도 했다. 어린 나이에 감당키 어려운 고초였지만 한 번도 괴로워하거나 당황한 표정을 짓지 않았다. 언제나 해맑게 웃으며 자기처럼 사는 방법도 있다는 듯 즐겁게 뛰놀았다. 그렇다고 모질거나 삐뚤어진 아이는 아니었다. 그저 배가 고플 뿐이었고, 그 허기를 달래려는 본능 이외는 다른 뜻이 없는 소박하고 착한 친구였다.

문득 조금 전까지 손이 아프도록 뽑던 잡초와 봉태가 닮았다는 다소 엉뚱한 발상을 한다. 사람을 잡초에 비유하는 것이 어쩜 그를 욕되게 하고 비하하는 일처럼 여길 수도 있다.

하지만 절대 그런 뜻은 아니다. 인간으로서 세상을 보려는 것이 아니라 생명의 입장에서 동질을 찾으려는 괴팍한 내 성정 탓이다. 사실 봉태와 잡초는 닮은 점이 많다. 아무리 뽑고 뽑아도 끈질기게 생명을 이어가는 잡초나 먹을 것이 없어 얼굴이 누렇게 떠 있으면서도 아무렇지 않게 골목길을 누비던 봉태의 자생력은 다를 바 없다. 물론 가난했던 시절이라 봉태만의 경우는 아니었다. 경중의 차이는 있었지만 전 시대에 당했던 인간의 자생력이다. 다만 봉태의 사정이 누구보다 딱했기에 나는 그를 보면서 잡초를 생각한 것이다.

"자녀는 몇인가?" 하고 물었다. "아들 둘, 딸 셋인데 모두 출가하고 이제 할 일이 없어 어릴 때 생각이 나서 한 번 찾아왔네. 그런데 며칠 전부터 자네가 여기 와 있다더군." 긴 세월을 거슬러 온 청정한 물살처럼 어딘가 떨림이 있는 소리였다. 그리고 그의 표정은 입김만 닿아도 길을 떠날 파리한 코스모스와 같았다. 뜯기고 뽑히면서도 은밀히 씨앗을 남겨 끊임없이 세상을 향해 손짓하는 잡초처럼 아마 봉태도 울먹이며 넘어지고 밟히면서 일어설 수 있는 생명의 손짓이 있었기에 웃을 줄 아는 사람이 되었나 보다.

봉태를 보내고 나서 하던 일을 마저 하려 했으나 나부끼는 잡초 잎이 저마다 초롱초롱한 눈망울로 살아나 나를 쳐다보는 것 같아 도저히 더는 손 댈 수가 없었다. 하늘 앞에는 사람도 잡초도 그대로 생명인가 보다.

고로쇠나무 수액

일월산 비탈 마을에 사는 지인한테서 봄냄새가 물씬 풍기는 선물을 받았다. 지난해에도 받은 터라 포장을 뜯지 않아도 내용물이 무엇인지 알 것 같았다. 아니나 다를까, 정갈하게 다듬은 산나물 한 둥치와 고로쇠나무 수액을 담은 플라스틱 통이 들어있었다. "올해 들어 처음 뽑은 수액인데 문득 친구가 떠오르고 인편도 있고 해서 전하니 잠시나마 봄을 즐기게!" 라는 쪽지까지 들어있었다.

참으로 고마운 일이다. 보내준 물건도 고맙지만 가끔이지만 기억해주는 정분이 더욱 감명 깊었다. 따지고 보면 특별하게 친교를 나눌 만큼 사연이 깊은 것도 아니다. 우연한 기회에 친구의 소개로 만나 산골 깊은 초막에서 하룻밤을 보내며 이런저런 세상 이야기로 소주잔을 기울였고 그 후 몇 차례 인편이 있을 때마다 안부를 묻는 정도였는데 이렇듯 마음 씀씀이가 다감할 줄 몰랐다.

각박한 세상인심에 그래도 가끔 마음을 읽어주는 친구가 있다는 게 나에겐 넘치는 행복인 것 같아, 혼자 기쁨을 누리기엔 과분하여 자랑도 할 겸 인근에 사는 몇몇 친구를 불러 모아 막걸리와 곁들여 마셨다. 그런데 즐겁던 흥취가 깨어진 것은 한참 후였다. 날이 저물어 모인 사람들이 모두 제집을 찾아 떠나고 마시다가만 물 잔을 앞에 두고 혼자 앉아 있으려니 무언가 가슴을 짓누르는 압박감이 나를 슬프게 했다. 고로쇠 수액이 순간 붉디붉은 핏빛으로 느껴졌기 때문이다.

사람의 몸에는 거미줄처럼 얽힌 핏줄이 있고, 그 핏줄이 원활하게 순환함으로써 생명이 유지되는 것이다. 그렇다면 나무의 생명 근원은 무엇인가. 긴 겨울잠에서 깨어난 나무가 지층 깊숙한 곳의 물기를 온몸으로 빨아들여 잎을 틔우고 꽃을 피우고 열매를 맺어 튼실하게 만든다. 그러니까 수액은 바로 나무의 혈액인지 모른다. 그 혈액을 아무런 가책 없이 뽑아 마시니 인간 존재의 진실은 과연 무엇인가 하는 회의가 나를 괴롭힌 것이다.

문득 어린 시절 솔밭 어귀에 동네 사람들이 모여 돼지를 도살하던 광경을 어깨너머로 바라본 살벌한 기억이 되살아났다. 마주할 때마다 짜릿한 위기감을 느끼게 하는 마을 고지기 김 서방이 퍼런 칼날로 돼지의 목을 찌를 때 분수처럼 뿜어지던 핏줄기가 생각났다. 돼지는 죽을힘을 다해 필사적으로 비명을 지르고, 그럴 때마다 핏줄기는 더욱 세차게 쏟아졌다. 나중에 안 일이지만 그 피를 따로 받아 선짓국을 끓였다나…… 결국 그날 동네잔치에서 나는 아무것도 먹지 못했다. 차라리 단번에 죽일 일이지 어쩌자고 몽땅 피를 뽑아 가며 서서히 죽게 하는 가혹한 도살을 선택한 것인지…….

칼을 잡고 있던 김 서방이 사람처럼 보이지 않았다. 끝없는 초원을 광분하며 달려들어 다른 짐승의 목덜미를 물고 숨을 헐떡이는 야수처럼 보였다. 그런 일이 있고 나서 한 번도 김 서방 집 앞을 지나친 일이 없었다. 금방이라도 그가 사립문을 박차고 뛰어나와 모가지를 휘어잡고 힘껏 비틀 것 같아서였다.

지나친 비약일지 모르지만 나는 고로쇠 수액을 앞에 두고 가장 참담하게 느꼈던 어린 시절 돼지 도살장면을 떠올리고 있다. 그리고 인간이라는 존재가 진실로 만물의 영장인가 아니면 악마인가를 생각하게 한다. 나 아닌 것들을 마구잡이로 찢고 긁어 배를 채우면서 진실을 이야기하고 도덕과 윤리를 따질 수 있느냐 하는 것이다.

아무리 생각해도 인간이란 참으로 알다가도 모를 존재란 걸 새삼 생각하지 않을 수 없다. 물론 생명을 위해서는 기본적인 존재 수단이 필요하다. 세상에 먹지 않고 살 수 있는 생명은 없기 때문이다. 풀포기는 살기 위해 공기를 마시고, 물을 마시고, 땅속에 녹아있는 자양분을 먹는다. 어떤 식물은 동적인 유충이나 곤충을 잡아먹는다. 짐승들은 자신보다 미숙하고 저열한 생명을 먹이로 삼아 삶을 유지한다. 그래서 약육강식이란 말이 잔인하고 비열하게 느껴지면서도 어쩔 수 없이 진리로 이해되고 있는지 모른다.

그러나 풀포기나 짐승은 살아가기 위해 원초의 욕구를 충족하는 것 외에는 절대로 과욕을 부리지 않는다. 아무리 포악한 짐승이라도 창고를 짓거나 보석함을 만들었다는 소리는 없다. 오로지 주린 배만 채우면 더는 욕심을 부리지 않는다. 그래서 자연은 신의 또 다른 모습이고, 인간은 자연의 순리를 근본으로 삼아야 한다는 경외의 뜻이라 생각한다.

그러나 우리 사는 세상은 그렇지 못한 것 같다. 자신의 권력이나 명예, 부귀나 영원을 위해서는 끊임없이 허욕을 부린다. 삶을 위한 원초적 욕구는 고사하고 심지어는 보이지 않는 가상세계와 죽음 이후의 왕관까지 준비하기 위해 상대를 질시하며 짓밟고, 때로는 가장 존귀한 생명까지 거두는 참혹한 죄악을 저지르면서도 도리어 인간임을 자랑스럽게 여긴다. 이런 행태가 과연 건강한 문명이라 할 수 있을 것인지…….

나는 끝내 먹다 남은 수액을 마시지 못하고 긴 사념에 젖어 나를 되돌아본다.

인간의 영역과 신의 영역

낮에 만난 사람이 좀처럼 머리를 떠나지 않는다. 아니, 그 사람의 인상이 아니라 거짓말처럼 주워대던 그 사람의 얘기다.

근간에는 사람 만나는 게 서먹하여 가능하면 은둔하며 얼굴을 감추는 게 버릇처럼 되었다. 물론 부끄러운 일을 저질러 자숙한다거나 성찰의 뜻은 아니다. 나이 탓인지 모르지만, 그냥 뒤로 물러서는 게 옳다는 생각 때문이다. 반대로 숨통을 트기 위해 하루에도 몇 번씩 출입하는 곳이 있다. 집 근처에 공원처럼 꾸며진 복개천 빈터이다. 낡은 나무의자에 앉아 오가는 사람들의 표정을 살피며 나의 얘기를 만드는 게 유일한 취미가 되었다.

그런데 오늘 뜻밖에 말을 걸어오는 사람이 있었다. 자세히 살펴보니 전연 낯선 사람은 아닌 듯하다. 몇 번인가 얼굴을 마주친 바 있으며, 그때마다 말쑥하게 차려입은 깡마른 노인이었다. 하지만 꼭 친교를 맺어야 할 이유가 없어서 그냥 무심히 지나치곤 했는데 그가 오늘 손을 내미는 것이었다.

"어디 사세요?" 지극히 의례적인 물음이었다. 처음 만난 사람에게 관심을 표명하거나 무언가 말을 건네고 싶을 때 던지는 말이다. 이럴 땐 적당히 얼버무려도 무례는 아닐 것이다. 왜냐하면, 묻는 사람도 딱히 알아야 하겠다는 뜻은 아닐 것이니까. 달리기를 할 때 출발선상에서 들리는 총소리처럼 말을 트려는 신호에 불과하니까.

그런데 오늘따라 무관심해지고 싶지 않았다. 그래서 가까운 곳에 산다고 대답하며 "어디 사시느냐"고 되물었다.

그렇게 시작한 대화는 오래 계속되었다. 주로 이야기는 그가 하였고, 나는 듣는 편이었다.

그는 무슨 연구소에 근무했다고 했다. 농작물을 개량하고 신품종을 개발하는 일종의 생명공학 분야였다나. 한 품종의 식물에 두 종류의 수확물을 채취할 수 있는 즉, 줄기에는 토마토를 생산하고 뿌리에는 감자가 주렁주렁 달리는 동화 같은 식물을 연구하고, 오이 맛이 나는 고추를 열리게 하는가 하면 상추와 배추 맛을 동시에 느낄 수 있는 채소를 개발하고, 줄기에는 콩이 달리고 뿌리에는 유용한 약제를 추출하는 그런 연구를 했다고 하였다. 그리고 집채만한 소를 생식하고 원숭이나 돼지의 체내에 사람의 인자를 주입해 그 장기로 인간의 손상된 장기에 이식하는 등 멀지 않아 상상할 수 없을 만큼 수명을 연장할 수 있는 시대가 열리리라는 것이었다.

마치 신화 같은 얘기를 하고 있었다. 나는 넋 잃은 사람처럼 그의 얘기에 빠져들어 꿈속을 걷는 듯했다. 그럴 것이 전연 불가능한 일은 아니란 생각 때문이다. 전하는 소리에 의하면 유전자를 조작한 다수

확 콩이 범람한다고 하며, 체세포를 응용하여 멸종 동물을 재생한다는 소리도 있다. 간이나 콩팥 같은 장기를 이식한다는 소리가 생소하지 않고, 아름다운 욕망을 충족하기 위해 신체를 뜯어고치는 정형수술이 봇물처럼 범람하는 세상이니 이제 인간과 신의 영역이 따로 없다는 생각이 들 때가 한두 번이 아니었으니 말이다.

그래도 그의 얘기는 세상을 너무 앞질러 간다는 부정도 없지 않았다. 살아 있는 모든 생명의 우수한 인자만 골라 인간을 재생한다는 소리는 곧 새로운 종의 출현을 의미하는 것이다. 더 확대하면 천부적인 생명질서가 아니고 공장에서 생산하는 물건처럼 줄줄이 생산하고 무더기로 폐기하는 인간 질서를 가상하지 않을 수 없기 때문이다.

그런데 집에 돌아와서도 그 사람의 얘기가 계속 뇌리를 어지럽히는 이유는 무엇일까. 평소 세상을 보는 눈이 곱지 않아서일까. 국민의 대표자란 사람들이 무슨 조직폭력단처럼 패거리를 지어 권력투쟁이나 일삼는가 하면 먹이를 찾아다니는 들개처럼 부정한 탐욕에 혈안이 된 모리배들이 미워했고, 가진 자와 가지지 못한 자가 있는가 하면 넘치는 나라와 곤궁한 나라가 극명하게 차별되고 있는데도 끊임없는 허욕으로 착취와 수탈을 일삼으며 힘자랑을 하는 더러운 세력이 미웠고, 거침없이 자연을 파괴하여 처절한 재해가 급증하는 데도 문명만을 얘기하는 그들이 미웠다. 인권과 정의와 평등을 노래하며 법이란 걸 만들어 놓고 권력자에겐 탄압의 무기가 되고 무력한 자에겐 강제의 도구가 되는 그게 미웠고, 생명에 유용한 문명이라 현혹하면서 넘치도록 강력한 무기를 만들어 인류를 위협하는 오만이 미웠다는 것이다. 그리고 보이지도 않고 들리지도 않는 신성을 앞세워 서로가 옳다고 칼날을 휘둘러 강물처럼 피를 흘리는 게 미웠고, 땅을 빼앗으려 하고 자원을 빼앗으려 하고 영혼까지 빼앗으려 악마처럼 이를 가는 인간 아닌 인간을 미워했으니 세상을 긍정적으로 이해하려 한 것은 아닌 것 같다.

하지만 오늘 그 사람의 얘기는 지금까지 미워했던 것과는 달리 더 충격적인 무언가를 시사 하는 듯했다.

세상에는 넘어서는 안 될 천륜이 있고 건너지 말아야 할 순명이 있는 법이다. 그러니까 인간의 영역이 따로 있고 조물주의 영역이 따로 있으리라 믿는다. 인간을 탄생케 하고 생명을 조작하는 일은 인간의 능력이 아니고 해서는 안 될 일이라 생각한다. 만약 모든 생명의 우수한 인자만 골라 인간을 탄생시킨다면 전연 허점이 없는 절대 능력자가 될 것이고, 영화에서나 있음직한 괴물인간이 세상을 지배하게 된다면 미래는 과연 어떤 모습이 될까.

문득 처음 인사를 나누고 잠시나마 이야기를 나눈 그 사람이 무섭다는 생각이 들었다. 아니 그 사람이 무서운 게 아니라 그가 추구하며 일했다는 사회상과 인간정신이 무서운 것이다. 그리고 우리 시대의 사람이 아니라 먼 미래에서 온 인간 밖의 인간처럼 느껴졌다. 그래서 이튿날부터 나는 그 자리에 나갈 수 없었다.

산딸기

유봉산 숲길을 걷노라니 잘 익은 산딸기 덩굴이 눈앞을 환하게 한다. 배가 고팠던 시절, 소고삐를 잡고 풀밭을 헤매며 먹이를 찾아주었던, 그때 보았던 산딸기다. 혓바닥에 붉은 물이 배일 정도로 정신없이 따 먹었던 기억이 영상처럼 스쳐 간다. 넘치도록 여유롭게 사는 요즘 새삼스레 입안에 침이 돌 만큼 구미가 당긴다든가 횡재를 하게 되었다는 만족감을 느낄 일은 아니지만, 무척 탐스럽다는 생각에 자리를 뜰 수 없었다.

그냥 지나치려니 무언가 섭섭한 느낌이 들었다. 마치 소중한 추억을 외면하는 기분이랄까. 살아오면서 어느 사이 훌쩍 지나쳐버린 그때 정황이 아파하면서도 아련한 그리움으로 간직했던 사람 사는 향기를 생각했기 때문이다.

가난에 치를 떨면서도, 배가 고파 항상 얼굴을 펼 수 없었으면서도, 혼자 따 먹기가 민망스러워 '심봤다'를 크게 외치며 동행한 친구를 불러 모았던 기억이다. 표현은 하지 않았지만 배고픈 아픔을 뛰어넘어 친구들이 더 소중했기 때문인지도 모른다. 이런 생각을 거창하게 인간애 운운할 수는 없겠지만, 마음 한구석에 서로 아끼고 경애하는 신뢰가 있었다는 사실은 분명하다. 그래서 사람 사는 향기를 생각한 것이다.

산딸기는 한낮 햇살을 받아 더욱 붉게 빛나고 있었다. 알맹이 하나하나마다 함께 산허리를 뛰놀던 어린 얼굴들이 되살아난다. 지금은 모두가 흩어져 소식마저 뜸적했지만 색 바랜 사진을 바라보듯 가슴에서 쉽게 떠나보내지 못한 얼굴들이다.

천천히 딸기 덩굴 쪽으로 다가선다. 그리곤 잘 익은 것을 골라 몇 개 따 입속으로 털어 넣는다. 속으로 '심봤다'를 외치며 그때 친구들을 불러들이는 꿈길을 연다. 어스름 하늘에 하나 둘 별이 돋아나듯 아직 어린 티를 벗어나지 못한 채 어설퍼 보이면서도 눈빛이 해맑은 작은 얼굴들이 빙 둘러선다. 누가 먼저랄 것도 없이 바삐 손을 놀리며 산딸기를 따 먹곤 한다. 그리고는 별일 아닌 말에도 까르르 웃으며 산속 정적을 깨뜨린다. 그 소리가 슬그머니 산굽이를 돌아 빠져나가듯 친구들의 모습이 가물거릴 때쯤 나는 비로소 긴 꿈을 꾸고 있음을 의식한다.

그때 한 발짝 떨어진 풀밭에 붉은 점무늬가 뚜렷한 뱀 한 마리가 똬리를 틀고 있음을 발견한다. 섬뜩한 느낌이 머리털을 곤두서게 했다. 가능하면 생명에 대해 편견이나 경시하는 태도는 옳지 않다고 생각해 왔지만, 왠지 뱀만은 예외인 것 같다. 날름거리는 혓바닥이나 제 몸을 둘둘 감고 있는 모습은 언제 보아도 징그럽고 두렵게 느껴진다.

깜짝 놀라 물러서며 세상살이는 정답이 없다는 생각을 한다. 딸기를 보면서, 지난 시절 가난을 진저리치면서도 다른 한 편으론 은근하게 따뜻한 인간미를 회상하고, 생명 존중을 말하면서도 죽이고 싶을 만큼 뱀을 경계하는 양면성에 나는 과연 무엇인가 하는 본성에 대한 회의감을 갖게 하니 말이다. 그리고 딸기를 따 먹으며 나는 먼 과거까지 불러들여 행복한 꿈을 꾸고, 뱀은 풀숲에 숨어 내 뒷발목을 물고 늘어지려는 기회를 엿보고 있다는 가상을 하니 세상의 정의와 생명의 정체는 또 무엇인가 하는 의문을 갖게 한다.

적어도 인간이 갈망하며 지향하는 세계는 모든 생명이 존중받는 세상, 누구나 평등하게 자유와 평화와 행복을 누리는 것이라 하겠다. 서로 사랑하며 바라만 보아도 함박웃음이 번지고, 말하지 않아도 서로의 마음을 읽으며 풀포기처럼 가슴을 비비며 살아있음을 기뻐하는 그런 세상을 말이다. 햇빛은 좋은 땅 더러운 땅을 가리지 않고 생명의 빛을 분사하듯, 대지가 차별하지 않고 가슴에 품은 모든 존재에 삶의 기회를 주듯, 내 것 네 것을 분별하지 않고 바람처럼 자유롭기를 염원하고, 숙면에 취하여 스르르 눈이 감기는 평화롭고 행복한 그런 세상을 말이다.

그러나 세상은 그렇지 못 한 것 같다. 딸기라는 하나의 생명을 두고, 가난한 시절에는 허기를 채우기 위해 따 먹어야 했고 여유롭게 생활하는 지금은 추억을 회상하며 따 먹게 되는 그야말로 정의가 없는 불륜을 짓게 된다. 그런데 그 뒤편엔 또한 나의 생명을 노리는 뱀의 불륜이 숨어서 노리고 있다. 다행히 오늘은 용케 피할 수 있었지만 언제 또 알 수 없는 형상의 불륜이 나를 노릴지 장담할 수 없다.

결국 삶이란 연줄처럼 이어진 끊임없는 불륜인지 모른다. 자연의 능력으로 먹고 자란 풀잎은 초식동물의 불륜에 생명이 유린당하고, 초식동물은 육식동물의 불륜에, 육식동물은 더 힘이 센 놈에게, 그 위에는 인간의 불륜이 있고, 인간의 꼭지엔 그들이 저질러 놓은 무분별한 문명의 불륜이 버티고 있다. 그러므로 나는 진정한 내가 아니란 사실이다. 하늘과 땅과 우주의 정령이 내 영혼을 직조하였고, 붉은 딸기와 푸른 잎사귀와 다른 많은 생명의 인자가 내 육신과 기능을 조합하였을 것이란 생각에 이른다.

골짜기마다 번진 작은 물줄기가 강물을 이루듯 다른 많은 생명의 살점과 영혼이 모여 내 생명을 이루었으니 세상엔 본시부터 내 것이란 없는 게 아닌가. 그래서 만물은 오직 자신의 생명유지를 위해 불륜을 만들고 종내는 자신이 가진 유일한 내 것인 육신, 그 육신은 필요한 누구에겐가 던지고 바람처럼 흔적을 지우는 것이다. 그러나 유독 인간만은 죽은 후에도 내 것이 있는 줄 착각하고 가슴이 터지도록 쌓고 또 쌓으려 하니 과연 영장이라 할 것인가. 법정은 이를 미리 알아 한세상 무소유를 주장하다 한 줌 재를 남기고 바람이 되었는가 보다.

내 마음과 몸이 아직도 무겁다는 생각을 하며 슬그머니 뒤돌아보니 산딸기가 붉게 웃는다.

뜻밖의 손님

은신하고 있는 공간은 언제나 칙칙하고 냉기가 감돈다. 거실에 나앉으면 검은 두루마기 자락을 펄럭이며 몰래 다가선 유령 같은 것이 금세 어깨를 잡아끌 것 같다. 옆방에 들어서도 마찬가지다. 오래 비워둔 빈집 헛간에서 풍길 것 같은 메스꺼운 기운이 가슴을 먹먹하게 만든다.

그래서 가능하면 침실을 벗어나지 않으려 애를 쓴다. 그나마 유일하게 사람 사는 말소리를 들을 수 있기 때문이다. 물론 감춰 둔 사람이 있어서가 아니다. 바깥세상과 담을 쌓고 살다 보니 때로는 입술이 굳어 말문이 닫히는 게 아닌가 하고 두려움에 누군가의 흥얼거림이라도 들어야 할 것 같아 종일 텔레비전을 틀어놓고 있다. 물론 화면을 보는 것에는 관심이 없다. 비록 기계에서 흘러나오는 음성이지만 사람들과 함께한다는 느낌을 받기 위해서다.

하지만 비가 주룩주룩 내리는 낮이나 긴 겨울밤 매서운 바람이 심하게 창문을 흔들 때는 그마저 도움이 되지 못한다. 사람의 훈기를 느끼기는커녕 오히려 성가신 소음이 되어 더 큰 외로움으로 가슴을 흔들어 그냥 꺼버리게 된다. 그리고는 잘 훈련된 강아지처럼 쪼그려 앉아 사람이기를 잊으려 애를 쓰기도 한다. 아무도 없는 광야를 자유롭게 달리며 꽃내음을 맡기도 하고 하늘 높이 나는 종달새를 불러 앉혀 내가 보지 못한 세상 얘기를 듣는 꿈을 꾼다. 그러다 심심하면 시원하게 오줌 한번 쏟아놓고 한 발짝 비켜 앉아서는 그곳을 지나가는 딱정벌레의 걸쭉한 욕지거리를 듣는다. 질세라 나도 욕을 퍼붓지만, 내 질척한 오줌밭에 내려앉아도 햇살은 절대로 오염되지 않음을 생각하며 이번에는 고개를 떨군다.

이렇듯 음울하고 제멋대로 살아가는 분위기에 뜻밖에도 손님이 찾아왔다. 그 손님은 내가 아닌 나 밖의 나였다. 눈언저리는 우수의 그늘이 서려 있고, 침울한 듯하면서도 속으로는 웃고 있는 조금은 얄미운 얼굴이다. 아니, 내 영혼의 일부를 불러내어 묘하게 짜 맞춘 그림자였다.

언젠가 대구에 사는 이해호 선생이 사진 한 장을 보내달라고 했다. 마침 고향 친구가 찾아와 죽기 살기로 장기를 두던 터라 무심결에 별뜻 없이 그러마하고 약속했다. 그런데 놀랍게도 그분이 손님을 보내온 것이다.

사실 따지고 보면 그분에게 이처럼 분에 넘치는 정분을 받을 처지는 아니었다. 그럴 것이 아직 얼굴도 익히지 못한 사이다. 언젠가 그분이 귀한 작품집을 보내왔고, 나는 그 일이 고맙고 황송하여 정중하게 감사의 뜻이 담긴 편지와 함께 졸작 시집을 동봉하여 답례 인사를 했다. 그 후 몇 년이 지나고 나서 선생께서는 그 책을 재판하면서 그때 보낸 편지글까지 게재하여 다시 보내왔다. 그 같은 사연으로 몇 차례 전화를 주고받으며 멀리서나마 친교를 쌓은 것인데 이렇듯 감격스러운 선물을 보내주었으니 정말 생각지도 못한 일이었다.

알고 보니 선생은 글을 쓰는 문명보다 화가로 더 알려진 분이었다. 그런 분이 잠시 예술가의 자존심을 내려놓고 초상화를 그렸으니 나로서는 민망하고 송구스러울 따름이다.

나는 단순한 초상화로 생각할 수 없었다. 그 분의 정성이 투영된 내 고독한 영혼의 손님으로 맞았다. 그러기에 벽에 높이 걸지 않고 눈높이와 비슷하게 책을 쌓고 그 위에 비스듬히 벽에 기대어 놓았다. 방안 분위기가 한결 따뜻한 느낌이 들었다. 우선 내가 아닌 다른 대상과 함께 있다는 안도감 같은 것이라 할까.

그는 언제나 나와 마주하고 있다. 어쩌다 내가 눈을 돌리거나 외출을 할 때도 그는 절대로 시선을 돌리지 않는다. 사랑하는 사람의 눈빛처럼 은근한 미소로 나를 응시한다. 나 또한 같은 표정으로 응대하며 그의 마음을 읽으려 애를 쓰게 된다.

흔히 사람들은 이별을 두려워한다. 세상과 단절하는 마음이 그렇고, 죽음을 바라보는 심정이 그렇고, 사랑했던 사람이 숙연히 떠나가는 뒷모습을 보는 것이 그렇다. 이 모든 정황은 영원한 결별이라 생각하기 때문에 안타까워하고, 슬퍼하고, 허무를 느끼는 것이다. 어쩜 내 삶의 공간이 우울하게 느껴지는 것은 나를 둘러싼 인연이 끊어지고 있다는 두려움 때문인지도 모른다.

그런데 새로 맞은 내 손님은 놀랍게도 그윽한 생명감을 느낄 만큼 시선을 마주하고, 비록 들리지는 않지만 진한 감정으로 대화를 나눌 수 있는 것은 무슨 뜻일까.

비로소 나는 나를 의심하게 된다. 우리가 살고 있는 땅과 모든 행성은 한결같이 둥글고, 둥근 것은 끊임없이 회전하게 되고, 회전하는 원리 속에는 끝과 시작이 없을진대 삶과 죽음은 어떤 의미일까. 평행선일까, 회전일까. 평행선이라면 죽음은 곧 영원의 단절일 테고, 회전이라면 죽음 다음에 유추할 수 있는 또 다른 세상과 연접되는 것인가.

이렇듯 나는 손님과 마주 앉아 수많은 얘기를 풀어내며 날마다 가까워지고 있다. 그 때문인지 은신하고 있는 공간 분위기도 옛날 같지 않다.

그래, 세상은 눈 밖에 있는 것이 아니라 모두 마음속에 있었구나. 삶과 죽음도 생각하기에 달렸고, 어둠과 밝음, 기쁨과 슬픔, 사랑과 미움, 이별과 만남, 여유와 고갈, 모든 것이 처음부터 분별된 것이 아니라 내 안에서 갈등하며 재단되었음을 어렴풋이 그려본다.

모처럼 참 좋은 친구를 맞은 것 같다.

낡은 나무의자에 앉아

나는 오늘도 그 자리에 앉아있다. 복개천을 소공원처럼 꾸며놓은 구석진 낡은 나무의자다. 오래 앉아 있으면 딱딱한 촉감이 전달되어 조금은 불편하지만, 마음만은 푸근하다. 세상과 소통할 수 있는 나만의 통로이기 때문이다. 고개를 들면 도심에서는 쉽지 않은 자연의 신비를 한눈에 바라볼 수 있다. 가깝게는 남태령 고갯길과 연계된 우면산 능선이 아름답게 안겨오고 먼 곳으로 시야를 넓히면 관악산 자락이 건강한 사내의 어깨처럼 우람하게 다가선다.

나는 그곳에서 벌어지는 생명의 신비를 읽으며 웃기도 하고 때로는 무언지도 모르는 감상에 젖어 속으로 펑펑 눈물을 쏟기도 한다. 눈이 아프도록 다가서는 찬란하고 충일한 생명력을 볼 때는 나를 잃어버린 체 그 속에 섞여 죽어도 좋을 만큼 가슴이 부풀어지고, 핏빛 물기가 산허리를 타고 내려올 때는 죽음 같은 침묵에 젖어 나 또한 한 점 바람임을 느끼며 겸손을 배우기도 했다.

그리고 앉아 있노라면 오가는 사람들과 침묵의 대화를 나누기도 한다. 비록 눈길을 마주치거나 직접 말을 나누지는 않아도 그들의 행동이나 표정에서 인간의 마음을 읽게 된다. 두터운 햇살이 봄을 불러오는 언덕에 산수유 가지마다 노란 꽃망울이 벌어지듯, 건들바람이 가을을 불러들인 산비탈에 더는 참을 수 없다는 듯 일시에 가슴을 터뜨리는 밤송이처럼 만면에 희색이 가득한 사람을 보고 있노라면 덩달아 나도 행복해진다. 산수유 꽃이 가슴에 꿀을 담고 있듯, 밤송이가 가슴에 반질반질 윤이 흐르는 알밤을 품고 있듯, 그들 가슴에는 남에게 들킬세라 몰래 감춘 만족감이 숨어있고, 그 숨어있는 희열을 끝내 주체하지 못해 하얀 웃음으로 피어난 것이라 생각했다. 나는 바람이 흔들어 놓은 나뭇가지의 속마음을 알고 싶어 하듯 그 웃음의 의미가 궁금하여 머리를 굴리게 된다. 예상치 못한 횡재를 한 탓일까 아니면 목숨을 맡겼던 싸늘한 병실에서 어깨를 펴고 퇴원하는 가족이 있었던 것일까. 그것도 아니라면 아득하게 멀어 보이던 직장에 취직했거나 마음 졸이며 기다렸던 학교에 자녀가 진학했는지도 모른다. 또는 오래도록 소망했던 주택을 마련했을 수도 있고, 집 나간 아이가 돌아왔을 수도 있고, 좋은 배필을 만나 행복한 가정을 꾸민 웃음일 수도 있다. 어쨌든 웃음의 실체는 알 수 없지만, 영화에 몰입하다 보면 순간이나마 가슴에 트이는 것처럼 그들의 기쁨에 스며들어 나의 만족을 생각하는 것이다.

그렇다고 웃는 얼굴만 지나가는 것은 아니다. 다리를 절뚝이며 짧은 거리에도 몇 번씩 쉬어가는 사람이 있다. 조금 전부터 나와 거리를 두고 앉아있는 중년 남자는 몇 번이나 고개를 젖히며 졸고 있었다. 남루한 차림에 깡마른 표정으로 보아 집도 먹을 것도 없는 노숙자인가 보다. 무슨 사연인지 얼굴에 깊은 주름살이 파인 사람은 세상과 눈을 부딪치는 게 두려운지 뚫어져라 땅만 내려다보며 무겁게 걷기도 하고 더러는 눈자위에 서러운 눈물이 번지는 사람도 보인다.

무슨 역행을 안고 있을까. 천길 벼랑으로 추락하는 삶의 무게 때문일까. 아니면 감당할 수 없는 병마였거나 멀어진 애정 때문일까. 사정이 무엇이든 나는 홀연히 그들의 아픔 속에 끼어들어 속을 끓이고 눈물을 삼키며 속으로 한 길을 걸을 수 있어 마치 한 가닥 바람이 된 느낌이 들기도 한다.

이렇듯 낡은 의자는 나의 마음속 광장이었다. 사실 지난해부터 나는 높다란 마음의 담을 쌓아 세상을 멀리하고 사람과 단절해 왔다.

비록 육신은 움직일 수 있어도 세상 속에 내가 가꾸어야 할 일이 아무것도 없다는 생각이 들었기 때문이었다. 그런 감정이 어쨌건 나를 꽁꽁 묶고 있었다.

그런데 우울증이나 무력감은 아닌 것 같다. 혼자 있어도 외롭지 않고, 가슴을 비워도 빈자리에 또 다른 내가 있어 문틈으로 세상을 보듯 나만의 세계를 그리려 했으니 말이다.

그렇게 그리는 세상이 지루하면 나는 놀랍게도 몽환 속을 걸어가듯 소공원 나무의자를 찾는 것이다. 그곳에서 하늘을 보았고, 산을 보았고, 나무와 숲을 보고, 사람을 보고, 목줄에 끌려가는 강아지도 보았다. 나는 어느 것 하나 놓치지 않고 몰래 그들 속에 스며들어 내가 모르는 나를 보려 눈을 크게 뜬다.

하지만 오래도록 자리를 지키지는 못한다. 어쩌다 눈에 익은 사람들이 지나가면 짜증스럽기 때문이다. 그럴 때면 나는 겁먹은 자라가 목을 구겨 감추듯 고개를 숙이며 외면하게 된다. 솔직히 그들의 표정과 행동과 말씀은 아무런 도움이 되지 않는다. 성형수술을 받은 듯 본 모습을 감추고 배우처럼 감쪽같이 다른 사람이 될 수 있는 그들에겐 인간의 정체가 막연하여서다.

그래서 지난 1년여는 아득한 허공처럼 내가 만든 텅 빈 골방 공간에서 내 속의 나를 불러내어 인간을 보았고, 고적한 나무의자에 앉아서는 세상을 보아온 것이다. 어쩜 그런 재미에 내가 바라는 세상이 아니라도 지금 생활을 즐거워하는지 모른다.

아내의 묘표

아내의 무덤 앞에 조그만 묘표(墓表)를 세웠다.

"눈밭처럼 하아얀 마음으로 살다간 여인이 여기 잠들어 있다.
진실이 짓밟힌 천협한 혹박에도 끝내 천륜을 품어 지킨 그 뜻 기려
참회의 마음으로 이 돌을 세우고 뒤늦게 슬퍼하노라"
라는 내용이다.

이런 짓을 한다고 해서 내 저지른 죄업이 풀릴 리 없다. 설령 영혼
이 있어 너그럽게 고개를 끄덕인다 해도 내가 나에게 용서되지 않는
다. 그만큼 그를 향한 나의 실수가 씻을 수 없기 때문이다.

그런데도 돌을 다듬어 세운 것은 세상에 이런 일도 있었다는 사실
을 누구에게라도 알리고 나와 같이 후회하는 사람이 없었으면 하는
심정에서다. 특히 아이들을 비롯하여 혈연으로 맺은 인친에게 간절
히 전하고 싶어서다. 그러니까 하얀 종이 위에 나의 경우를 올려놓고

곧 죽어갈 사람의 눈으로 살펴본 사록을 대체로 솔직하게 증언하려는 뜻이 숨겨 있다.

세상에는 혼자서 빛을 얻는 건 하나도 없다. 혼자서는 진리에 가까워질 수 없고 아름다움도 가능하지 않다. 전기에 음양이 소통하여 불빛으로 밝혀지듯 세상만사는 한쪽만으로 생명은 가능치 않다. 움직일 수 없는 초목도 어떤 경위로든 서로 손을 잡기에 생명이 연속되고, 억겁 세월 동안 한자리에 눌러앉은 바위도 혼자서는 주목을 받을 수 없으며 어떤 신비성이나 아름다움도 나타나지 않는다. 그 옆에 나무가 있고, 꽃이 있고, 바람이 불어 나뭇잎이 흔들리고, 새들이 숨어 고운 노래를 불러야 바위가 조화롭게 보이는 것이다. 사유할 줄 모르는 짐승도 암수가 어울려야 새끼를 치고, 그 기회를 가지려고 혼신으로 사력을 다하며, 때로는 죽음까지 불사하게 된다.

이런 이치는 곧 천륜이며, 천륜은 또한 우주와 신의 명령이고 인간이 지녀야 할 절대적 가치요 덕목인지 모른다.

그런데 나는 그걸 몰랐다. 세상 속에서 끊임없이 듣고 보아왔지만 끝내 깨닫지 못하고 항상 먼 곳에 서성이며 인간 아닌 인간으로 멈추어 있었다.

문득 내 발길을 뒤돌아보면서 인간은 아무것도 아니란 사실을 실감하였다. 더러는 만물의 영장이고 생각할 줄 아는 유일한 존재라 했다. 선과 악을 구분할 줄 알고 진리와 거짓을 분별하며 지상을 아름답고 거룩하게 가꿀 줄 아는 선택된 능력을 갖췄다고 했다. 하지만 그것은 자신을 미화하려는 망상적 사술일 뿐 사실은 그렇지 않다는 걸 오래도록 보아왔고 행동해 왔다.

어쩜 영장과 늑대 사이에 빚어진 어긋난 생명인지 모른다. 꽃처럼 고운 웃음을 나누고, 가장 아름답고 조리 있는 언어와 문자를 펴놓고, 온 세상을 가슴에 끌어안으려는 행동을 하면서 영장임을 흉내 내지만 그 이면에 숨어있는 영악하고 잔인한 늑대의 근성을 성찰하지 않고 제 멋대로 꾸미며 자만하는 상상 속에 살아가는 게 인간이다.

열자(列子)천서 편에 이런 글이 있다.

인자세지로 모색지태 망일불이(人自世至老 貌色智態 亡日不異) 사람이 태어나서 늙을 때까지 얼굴의 생김새와 지혜의 상태가 날마다 달라지지 않는 날이 없다.

이렇듯 인간은 끊임없이 변화함으로써 두 얼굴 두 마음을 가지게 되어 있으며 때로는 밝은 길을 걷다가 때로는 어둔 길을 걸어야 하는 가늠할 수 없는 어긋난 생명이다. 선을 말하면서 악행을 저지르고 진실인 듯 행동하면서 결과적으로는 거짓으로 나타나고, 밝은 곳을 찾으면서도 허욕을 저지르는 게 인간의 모습이다.

인간의 속성이 이토록 불완전하고 돌변적인데다 나에게는 또 한가지 병적인 약점이 있었다. 타인에겐 그런대로 여유롭게 순응하며 이해하려는 입장인데 반해 가장 가까워야 할 가족에겐 유독 몰인정하고 핍박하는 성격이었다. 어떤 인연에서 부부가 되었건 일단 맺어진 관계는 소중하게 다듬어야 하는 게 바람직한 이성이라 할 텐데 나는 그러질 못했다. 어쩌다 비뚤어진 선입견에서 헤어나지 못하고 언제나 먼 끝자락을 맴돌다 아내를 먼저 떠나보내게 된 것이다.

하얀 시트가 깔린 병실에서 전류가 끊어지듯 덧없이 생을 마감한 그의 가슴에는 인생의 회의와 설움과 분노가 산처럼 쌓인 채 떠났을 것이다. 나는 그제야 나를 되돌아보게 되었고, 영장이란 존재와 늑대란 존재 사이에 빚어진 이상한 생명체임을 알게 되었다. 말 못하는 짐승도 잘못 든 길에는 두 번 다시 기어들지 않는다는 말처럼 한 번쯤 가슴을 뜯는 성찰이 있었더라면 긴 세월 그렇게 시험에 들지는 않았을 텐데.

뒤늦게, 아주 뒤늦게, 막이 내린 무대 뒤편에서 내 핏줄 어느 구석에 그나마 지워지지 않는 작은 인자 하나가 남아있어 나를 이토록 아프게 하고 있다. 그 인자가 인간성인지 혹은 영장의 핵인지 어쨌든 그 깨우침이 너무 늦었다.

사실 아내가 죽은 후로는 누구에게도 속마음을 털어놓을 수 없는 큰 짐을 가슴에 쌓고 살았다. 우선 아이들에게 미안했고 가족이나 나를 아는 사람들에게 가슴을 펼 수가 없었다. 모든 사람이 비겁하고 불량스런 괴짜로 쳐다보는 것 같아 숨어서 나를 짓이기며 살았다. 그때 내 형상이 사람과 늑대 사이에 뒤틀린 채 생겨난 생명체임을 알았다.

멀거니 묘표를 보고 서 있노라니 왠지 실없는 짓을 했다는 생각이 들었다. 죽은 사람에 대한 뼈아픈 고뇌라기보다 어쩜 내 아픔을 조금이라도 덜어야 하겠다는 또 다른 음모 같은 생각이 들어서다.

나는 여전히 사람 밖에 서 있다는 자괴감으로 더 이상 머물러 있을 수가 없었다. 돌아오는 산비탈 길섶에는 봄꽃 들이 곱게 피어있고 나무들은 연둣빛 이파리를 나부끼며 기쁨을 구가하고 있다.

순명대로 살아온 생명은 이렇듯 웃을 수 있는데 엉뚱한 길을 둘러 온 나는 죽어서도 웃지 못 할 것 같다.

행복한 추억

어린 시절, 우리 마을에선 동지를 '작은 설'이라 했다. 이날에는 팥죽을 걸쭉하게 끓여 집 안 구석구석에 조금씩 뿌리며 고수레를 했다. 새해를 맞이하면서 잡귀가 범접하지 못하도록 미리 방색하는 의식이었다. 그리고는 온 가족이 한자리에 모여 팥죽을 먹게 되는데, 이때 어른들은 근엄하게 덕담을 들려주었다. 이제 나이를 한 살 더 먹게 되었으니 자기 일에 책임을 지며 덕성을 키우고 어른스러워야 한다는 말씀이었다. 그래서 동지의 또 다른 이름이 '작은 설'인 줄 알았다.

그런데 언제부턴가 변화가 일기 시작했다. 산업사회 탓인지 아니면 새로운 세상을 갈구하는 욕망 탓인지 사람들은 하나 둘 이동하기 시작했다. 동구 앞 느티나무처럼 깊이 뿌리박고 살 것 같았던 사람들이 서서히 빠져나가고 그 자리에 낯선 사람들이 채워지면서 사람들의 얼굴만 생소한 게 아니라 그들이 몰고 온 인습이나 풍습도 생소했다. 그러나 물살처럼 밀려오는 낯선 세태 앞에 무력하게 잠식되거나 융해되고 있었다.

그러니까 전통의 균열이라 할까 혹은 가치관의 이동이라 할까. 하여튼 외형적 요동뿐만 아니라 의식 자체가 변화하고 있었다. 그런 소용돌이 속에 동지, 즉 '작은 설'에 대한 인식도 뒤틀리기 시작했다. 우선 팥죽을 끓이는 가정이 줄어들었고, 설령 끓인다 해도 그날의 의미를 되새기지는 않았다. 그냥 전래하는 24절기 중 하나쯤으로 생각하고 더는 의미를 두지 않는 세태가 되었다. 지금 생각하니 '작은 설'의 풍속도도 그때쯤 설날 전날로 옮겨진 듯하다.

사실 설날 전날은 '묵은 설'이라 했다. 이날은 설날보다 더 바빴다. 아침부터 집 안 곳곳을 둘러보며 더러운 곳은 말끔히 치우고 부서지고 추한 곳은 완전하게 손질한다. 그리고 설날부터 쉬게 되는 공백기를 대비하여 필요한 것들을 꼼꼼히 준비하기도 했다. 밤에는 묵은세배를 다니느라 더 바쁘다. 정갈하게 의관을 정제하고 집안 어른들은 물론 연만하신 마을 어른들을 찾아다니며 진배를 하였다. 지난 한 해 동안 별고 없이 다복하게 보낸 것을 감축한다는 뜻이었다. 이때도 어김없이 덕담을 나눈다.

분주하기는 아이들도 마찬가지였다. 설날은 자신을 가꿀 수 있는 데까지 꾸미며 새 옷, 새 신발을 입고 신을 수 있는 날이다. 당시는 모두가 가난하게 살던 시절이라 옷 한 벌 갖춰 입기란 쉽지 않았다. 마냥 헐벗고 남루하게 지내다가 이때만은 축복을 받을 유일한 기회였다.

부모는 아이들을 위해 몇 달 전부터 차곡차곡 준비를 했다. 요즘처럼 물품이 넘치던 시절이 아니라서 옷 한 벌을 지으려면 손이 많이 갔다. 무명을 골라 실을 뽑아 베틀에 올리고 여러 날을 수고해야 겨우 베 한 필을 짜게 된다. 그 천을 적당하게 재단하여 손수 한 땀 한 땀 바느질을 함으로써 비로소 옷 한 벌을 지을 수 있게 된다. 그러니까 지금처럼 모든 제조과정이 철저하게 조직적으로 분업 되어 옷이란 완성품이 출시되는 것과는 다르다. 목화밭에서 하얀 꽃송이를 거둬 매끈한 천으로 직조되는 모든 과정이 오직 어머니의 손끝에서 이뤄지므로 수개월 전부터 준비해야 했다. 그것도 기계의 힘을 빌리는 게 아니라 처음부터 끝까지 사람의 노력과 인내로 얻은 대가다.

아이들은 물을 덥혀 몸을 깨끗이 씻고 머리도 단정하게 깎는다. 그리고 가끔 윗사람에게 어깃장을 부리며 성가시게 하던 아이도 이날만은 고분고분하고 공손하다. 명절 분위기 탓도 있었지만 평소에 누릴 수 없는 부모님의 특별한 관심에 대한 보답이 더 크다.

짧은 겨울 해가 서서히 서산에 기울면 예부터 전해오는 속설에 모두들 긴장해야 했다. 묵은 설날 밤에 잠을 자면 눈썹이 하얗게 센다는 말 때문에 날밤을 새우는 고충이 있었고, 어쩌다 깜빡 졸기라도 하면 여러 날을 두고 혹여 눈썹이 셀까 봐 거울을 보며 전전긍긍했다. 또한, 섣달 그믐날 자정부터는 귀신들이 돌아다니며 댓돌 위의 신발을 골라 신어보고 맞는 것을 몰래 신고 가는데, 그러면 당사자는 죽게 된다는 속된 믿음이 있었다. 그래서 광이나 방안에 신발을 감추는 소동을 피우기도 했다. 물론 아이들을 놀리려고 하는 헛말이 아니라 어른들이 솔선하여 행한 관습이었으니 아이들의 믿음이 확고할 수밖에 없었다.

왜 그런 사설을 퍼뜨려 사람들을 위협했는지는 지금도 알 수 없다. 눈썹이 세어진다는 경고는 일찍 잠들지 말고 바쁜 명절 일을 도우라는 뜻이었을까, 또한 신발에 대한 귀신 소동 역시 밤늦게 나다니지 말라는 경고였을까 아니면, 어려운 형편에 힘들여 장만한 것이니 소중하게 사용하라는 교도였는지, 무언가 준비된 내용이 있을 것 같은데 우리는 깊은 뜻을 잃어버리고 껍데기만 전승한다는 쓸쓸한 느낌이다. 하여튼 묵은 설날 밤의 공포는 유난했다.

이렇듯 묵은 설에 대한 명칭은 사회 환경 변화와 함께 슬그머니 '작은 설'로 불리게 된 것이라 여겨진다. 하지만 명칭은 그리 중요하지 않다. 그날을 통해 사람들끼리 서로가 마음을 열고 살아가는 근본을 일깨우는 정념이 중요한 것이다. 이런 의미에서 생각할 때 까치설이란 명칭도 인간정신의 간곡한 표현인지 모른다. 설날 음식을 마련하면서 조금씩 떼어 오가는 짐승을 위해 두엄자리나 사립문 어귀에 놓아두는 풍속이 있었다. 가을이 끝날 무렵 감나무 높은 가지에 감 몇 개를 남겨두는 것과 마찬가지로 생명 경외 같은 것이라 할까. 사람들이 명절을 맞아 축제를 즐기면서 말 못하는 짐승들은 어쩔까 하는 측은지심, 그런 마음이 정서적으로 사람과 친숙한 까치를 상징으로 하여 모든 생명에 관심을 둬야 한다는 뜻으로 설 전날을 잡아 의미를 둔 것은 아닐까.

비록 가난했지만 그때를 추억하면 지금도 그립고 행복해진다.

2

길 그리고 나를 찾아

아름다운 세상

    세상에는 아름다운 것이 너무 많다. 졸음 같은 봄 햇살을 받으며 고개를 내미는 새움이 아름답고 기다렸다는 듯 주위를 맴돌며 조심스럽게 날아다니는 나비가 아름답다. 담벼락에 기대어 반쯤 얼굴을 내밀고 배시시 웃는 꽃봉오리가 아름답고 날개를 파닥이며 나뭇가지로 옮겨 다니는 새들이 아름답다. 한바탕 소낙비가 쏟아지고 멀리 서산마루에 비스듬히 창공을 휘감은 무지개가 아름답고 무논 곳곳을 울리며 한밤을 흔드는 개구리 울음소리도 아름답다. 건들바람이 불어오면 산등성이를 타고 서서히 마을 어귀로 다가서는 단풍이 아름답고 잠시 머물렀던 갯가를 박차고 하늘 멀리 어디론가 길 떠나는 철새가 아름답다. 삶의 무게를 내려놓고 바람에 흔들리며 자적하는 겨울 나뭇가지가 아름답고 눈 내린 벌판에 무심히 걸어가며 새 길을 트는 개 발자국이 아름답다. 새소리 바람 소리 살여울 물소리가 아름답고 산모퉁이를 돌아가며 목이 쉰 듯 울리는 기적 소리도 아름답다. 친정 나들이를 떠날 때 고이 꺼내 입었던 어머니의 치마폭처럼 옥색 푸른 하늘과 감청 물빛으로 출렁이는 바다가 아름답고 해거름 붉게 타오르는 노을이 아름답다.

들판과 사업장에서 땀 흘리는 사람들이 아름답고 더 높은 세상을 그리며 골똘히 생각하는 사람이 아름답다. 서로 다른 분위기로 살다 인연을 맺어 한 길을 걸어가는 부부가 아름답고 푸른 벌판을 뛰어 다니며 제 세상처럼 마음껏 소리치는 아이들의 자유가 아름답다. 남의 기쁨을 내 일처럼 함께 즐거워하는 마음이 아름답고 남의 슬픔을 내 일처럼 아파하며 눈물을 닦아주는 마음이 아름답다. 증오하고 반목하는 갈등은 내 탓으로 돌리며 손을 내미는 마음이 아름답고 소유 앞에는 겸손하게 한발 물러서고 궂은일에는 먼저 다가서는 용기가 아름답다. 욕망보다는 정의를 생각하고 명예나 영광보다는 성찰과 미덕을 생각하는 성품이 아름답고 남의 단점을 조롱하기보다는 장점을 칭송하며 격려하는 너그러움이 아름답다. 잘못을 부끄럽게 생각하고 잘한 일을 감추며 남의 업적으로 돌리는 미덕이 아름답고 지금 서 있는 자리에 만족할 줄 알며 차근차근 새 길을 열어가는 이성이 아름답다. 어디 그뿐이랴. 언제나 웃는 모습이 아름답고 노래하고 춤추고 책을 읽은 모습이 아름답다. 살여울을 사이에 두고 떠나가는 사람과 보내는 사람이 서로 마주 보며 안타깝게 손을 흔드는 이별마저도 아름답다. 어두운 곳에는 희망의 빛을 밝혀주고, 쫓기고 밟히는 사람에겐 용기를 심어주고, 허기진 사람에겐 먹을 것을 나눠주는 그런 사람이 아름답다.

세상은 이렇듯 아름다운데 그래도 어두운 구석이 있다.

세상을 휘어잡은 사람이 검소하게 생활하며 온 힘을 다하여 바른 세상을 경영한다면 얼마나 아름다울까. 권력 있는 사람이 보통 사람과 똑같이 법과 상식 앞에 평등하다면 얼마나 아름다울까. 칼을 쥔 사람이 낮은 곳에 앉아 아무런 욕심 없이 공정하고 정의롭게 솔선하여 만인의 신뢰를 받는다면 이 또한 얼마나 아름다울까. 정치인이 먹이를 찾아다니는 들개처럼 자신을 선택한 유권자의 뜻과는 달리 무섭도록 군림하며 부정과 부패를 일삼고 권력과 명예와 부까지 쟁취하겠다는 헛된 망령에 유혹되지 않는다면 얼마나 아름다울까. 비록 자신의 영예를 잃을지라도 탐구하면서 분석되지 않는 허황한 여론에 편승하지 않고 지도자의 길을 따라 역사와 미래 앞에 당당하게 주장할 줄 아는 소신이 얼마나 아름다울까. 공직자들이 수탁 받은 권위를 남용하지 않고, 백성의 눈을 속이지 않고, 공명정대하게 집행한다면 얼마나 아름다울까. 총을 잡은 사람이 국토방위와 국민의 안위만 골몰하고, 경제인은 모든 이익이 자신만의 소유가 아니라 국민의 자산임을 자각할 줄 알고, 학자들이 권력의 눈치를 보며 자신의 상관관계에 따라 헛된 정보나 주장으로 국민을 우롱하지 않고, 성직자는 신앙의 구심자로 신의 대행에 충실할 뿐 엉뚱하게도 정치행위와 사회적 갈등에 기웃거리지 않는다면 얼마나 아름다울까. 시대를 책임 있게 움직여야 할 지도층이 시골 오일장 사람들처럼 작은 차를 타고 다니며 소박한 차림으로 허름한 목롯집 나무의자에 앉아 국밥을 먹으며 격의 없이 세상과 소통한다면 얼마나 아름다울까. 풀밭에 여러 생명이 어울려 살지만 서로 외면하지 않고 간섭하거나 타도하지 않는 것처럼 서로의 영역을 존중하며 조화를 이루는 그런 세상이 얼마나 아름다울까.

아름다운 건 우주 창생의 최고 걸작이며 신이 내린 최상의 선물이다. 아름다운 건 인간의 의지로 답할 수 없는 가장 위대한 미궁의 신비다. 아름다운 건 인간이 취해야 할 영원의 진리요 향기다. 아름다운 건 순결이요, 덕성이요, 꿈이요, 충만이다. 아름다운 건 우주의 미소요, 환희요, 축복이다. 아름다운 건 인간이 추구하는 절대적 가치요, 영원한 그리움이다.

그런데, 나는 그림자처럼 내 옆에 있는 줄 알고 있다 어느 순간 홀연히 떠나버리는 마술 같은 아름다움을 찾아 오늘도 길을 나선다.

그릴 수 없는 새소리

거실 벽에 서폭 한 점이 걸려있다. 고운(孤雲) 최치원(崔致遠) 선생의 등고운(騰高韻) 칠언절구를 서예가 채약(採藥) 박혁수(朴嬊秀) 씨가 옮겨 쓴 작품이다. 언제 보아도 싫지 않은 글귀이며, 때로는 가슴 밑바닥 깊은 곳까지 젖어드는 숙연함을 느끼기도 한다.

내용인즉,

一杖穿雲三步立 일장천운삼보립
山靑石白間間花 산청석백간간화
若使畫工摹此景 약사화공모차경
其於林下鳥聲何 기어임하조성하

지팡이로 구름 속을 뚫으며 걸어가니
푸른 산 흰 바위틈마다 꽃들이 피었구나
화공이라면 이 풍경을 그릴 수 있으련만

숲 속에 숨어 우는 새 소리는 어찌할꼬

인간이 다가설 수 없는 새로운 세계를 추구하는 간절한 고뇌가 담긴 자기 독백이라 생각된다. 이렇듯 절절한 자기 아픔이 있었기에 작가는 자신의 시대를 뛰어넘은 별빛같은 지식인이 되었는지 모른다.

나는 이 글 앞에 앉으면 항상 부끄럽고 초라한 생각이 들어 가슴이 미어진다. 아니, 초라한 정도가 아니라 텅 빈 풍선같이 무언가 잃어버린 허무를 느끼게 되며 아울러 무슨 글을 쓴답시고 남의 마음을 훔치려고 음모를 하고 있다는 생각이 들어 심한 두려움마저 느낀다.

언젠가 업무차 로마를 방문했을 때도 이와 비슷한 숨 막히는 경험을 한 일이 있다. 당시 우리 일행을 맞이한 그곳 일간 신문사 모멘트 편집국장이 소개한 미켈란젤로에 관한 일화였다. 어느 날 미켈란젤로가 거리를 거닐다 우연히 큼직한 바위를 발견하고 무척 상기된 표정으로 깊은 관심을 보이므로 주위 사람들을 놀라게 했다는 것이다. 그는 즉시 바위의 주인을 수소문하여 정중히 사들인 후 여러 날을 두고 깎고 다듬어 르네상스 시대의 걸작 다비드 상을 조각하였다는 얘기였다.

보통사람으로서는 도저히 상상할 수 없는 선지명이 있었기에 아무렇게나 생긴 돌덩이에서 이미 빛나는 예술품을 유추할 수 있었던 것이다. 그래서 예술가는 눈 밖의 눈이 있어야 하고, 귀 밖의 귀가 있어야 하고, 세상 밖의 세상을 보고 듣고 탐색해야하는 외로운 자리를 차지하게 되는 것이다. 그러기에 예술가는 외롭고 고통스럽고, 막연한 것이다. 파란 하늘에 하얀 구름이 떠다니며 수많은 물상을 연출하듯 미지의 능력으로 막막한 시공을 끌어안으며 창조의 싹을 틔우는 게 예술가의 몫임을 암시하는 대목이었다.

그런데 나는 그런 눈과 귀와 가슴이 없는 것 같다. 과연 문학이 무엇이며, 왜 문학을 해야 하는지 눈물을 쏟을 만큼 가슴을 찢어 본 적은 한 번도 없다. 강물에 떠밀려가는 나뭇잎처럼 진실과 순리, 인간과 생명, 행복과 거룩함을 진지하게 고뇌하지 않고 비슷비슷한 부류와 어울려 속된 담론이나 늘어놓으며 헛된 망상과 허명에 놀아난 자기 방종이었는지 모른다. 더욱이 나를 어지럽게 하는 것은 이러한 번뇌를 인지하면서도 자신을 해방시키지 못하고 있다는 것이다. 냉철하게 경계하는 성찰이 있었다면 반드시 연필을 꺾어야 했거나 아니면 뼈를 깎는 심정으로 새롭게 접근했어야 했다.

얼마 전에도 심장이 멈출 것 같은 부끄러움과 낭패를 경험한 일이 있다. 젊은 도예공이 경영하는 도요지를 방문했을 때다. 마침 가는 날이 장날이라고, 가마에서 구운 작품을 꺼내는 날이었다. 참으로 신기했다. 그 짙은 불꽃을 견뎌내고 통영 앞바다의 물빛 같은 작품을 바쁘게 집어내는 것이었다. 그런데 이상한 일이 벌어지고 있었다. 젊은 작가는 작품마다 이리저리 살피더니 조금은 침통한 표정을 지으며 남이 알아들을 수 없는 말로 무언가 중얼거리더니 여지없이 땅바닥으로 내려치는 것이 아닌가. 내가 보기에는 어느 것 하나 버리고 싶은 것이 아니었는데 그의 눈에는 만족스럽지 않았던 모양이다. 분명 그는 눈 밖의 눈을 가지고 있는 듯했다.

몰래 그의 눈빛을 훔쳐보았다. 어딘가 고뇌에 찬 눈자위에 비록 눈물은 보이지 않았지만, 샘물처럼 고여 있는 차가운 물기를 느낄 수 있었다. 아니, 눈만이 아니었다. 가슴 깊은 곳에서 끓여 온 정열과 아픔이 혈흔처럼 묻어있는 듯했다. 그리고 청년의 눈빛은 아름다움과 조응하는 것이 아니라 누구도 생각할 수 없는 먼 세계와 암묵하는 눈 맞춤이었다.

나는 그날 청년한테서 귀한 선물을 받았다. "아무래도 이게 제일 잘 구워진 것 같습니다"하고 푸념처럼 흐린 말을 남기며 건네준 다완이었다. 얼른 받아들긴 했지만 손바닥이 떨리고 가슴이 뜨거웠다. 신성의 계시를 받은 구도자의 마음 같은 것이라고나 할까. 이 다완 또한 휘호와 마찬가지로 가까운 곳에 두고 문학을 향한 내 서툰 마음에 자경(自敬)으로 이해하고 있다.

언제쯤 나도 숲 속에 숨어 우는 새소리를 그릴 수 있을까.

책에서 얻은 영혼의 소리

해거름에 K씨가 전화를 걸어왔다. 시간이 있으면 차나 한잔하자는 것이었다. 마침 무료하게 시간을 보내던 터라 흔쾌히 응답하고 약속 장소로 찾아갔다. 망구(望九)의 나이에도 아직 젊은 사람처럼 생기가 넘치는 표정이 무척 부러웠다. 어떻게 마음을 비웠기에 그처럼 당당할 수 있느냐고 넌지시 물어보았다. 그는 망설임 없이 수필문학 때문이라고 했다.

충분히 이해가 되는 말이었다. 오랜 직장생활을 마치고 한동안 막막하게 지냈는데 우연히 인근 문화센터에서 개최하는 수필 강좌가 있다기에 무심코 출입하면서 취미를 찾았다는 것이다. 그러던 어느 날 문단에 등단하게 되었다면서 낯선 잡지 한 권을 나에게 건네주었다. 평소 문인을 특별한 사람으로 여겼는데 그 특별한 사람이 되었으니 얼마나 감격스럽고 흥분될 일이었겠는가.

그 후 그는 시간이 날 때마다 나타나 문학 이야기를 하며 나와 우정을 쌓곤 했다. 아마 무슨 말을 하건 귀담아 경청했던 나의 태도가 편안했던 것 같다. 나 역시 그의 방문이 싫지 않았다. 정리되지 않은 문학 얘기가 때로는 지겹기도 했지만, 끝자락이 발밑에 넘실거리는 인생임에도 지치지 않고 새로운 세계를 추구하려는 열정과 긍지가 아름다웠기 때문이다. 그리고 세속의 문인들을 만나다 보면 대부분 무슨 광고를 하듯 은연중 자기중심으로 대화를 몰아가며 허세를 늘어놓기 일쑤였는데 그는 그렇지 않았다. 그러니까 문학의 깊은 이해가 없으면서도 거침없이 도취할 수 있는 태도가 밉지 않았다.

그것은 자기 확신이었다. 때로는 조합(照合)의 틀에서 벗어나 미친 듯 자아에 몰입할 수 있는 무치(無恥)가 삶이나 정신적으로 더러는 행복할 수 있겠구나 하는 생각이 들었다.

그는 이런저런 얘기를 하다 느닷없이 좋은 수필집 하나를 추천해 달라는 것이었다. 평소 생각지도 않은 주문이었다. 당혹스런 요구에 말문이 막힌 채 머뭇거리지 않을 수 없었다. 세상 모두를 거머쥔 듯한 그의 행복감을 고려한다면 비록 주관적 견해라 해도 무언가 답을 주어야 했다. 그러나 나에겐 응답이 될 만큼 마음속으로 감동하고 있는 작품집을 기억하고 있지 않았다. 솔직히 말해서 문학적 관점에서 이것이 수필이구나 하고 규범이 될 만한 작품을 아직은 만나지 못했다. 물론 해마다 달마다 봇물처럼 쏟아지는 작품 가운데 전연 무심했던 것은 아니다. 때로는 흥미를 느끼며 신선한 자극을 받은 작품도 있었다.

하지만 문학적 원론에서 볼 때 수필문학의 한계라 할까. 순간 돋보인다는 감정은 있었지만, 그것이 문학이론에 근거한 출중한 작품으로 이해하기는 무언가 부족함을 느끼곤 했다.

　결국, 말꼬리를 돌려 한가한 담론을 하며 나의 성의(盛儀)롭지 못한 식견을 감추다가 문득 오래전에 읽은 이어령의 작품 「흙 속에, 저 바람 속에」를 떠올렸다, 물론 그것이 수필인지 에세이인지 규명할 수는 없다. 우리의 수필이 신변잡사나 영감을 어떤 허구도 용인하지 않는 그야말로 진솔하게 미적 영역으로 승화시키는 것이라면 서구에서 출발한 에세이는 상당히 철학적이고 논리적 입장에서 인간과 생명과 우주를 탐색하는 경향이 있는 것으로 이해하고 있다. 엄격히 장르화하면 본질에서 명확한 상의점이 있을 것 같은데 우리네 수필 문단에선 이를 혼용하여 같은 맥락으로 수용하는 것 같다. 그래서 나는 잠시 머뭇거리다 이를 소개하기로 했다.

　이 책은 경향신문에 연재된 작품을 주제별로 분류하여 「흙 속에, 저 바람 속에」를 비롯하여 여성, 현대문명, 세대, 서양의 문화 등 여섯 권으로 묶고 있으며 내 부족한 안목으론 어느 한 편도 놓칠 수 없는 영혼을 울리는 감흥이 있었다.

　특히 「흙 속에, 저 바람 속에」는 흔히 우리들 삶에서 맞닿을 수 있는 울음 · 눈치 · 기침 · 싸움 · 미소 · 사랑 같은 자연스러운 몸짓에서 한국인의 정신을 유추하였고, 윷놀이 · 돌담 · 백의(白衣) · 밥상 · 바가지 · 장죽(長竹) · 팽이채 · 가래질 · 서낭당 · 삿갓 · 보료 · 등 수많은 생활 속의 소재를 통해 한국인의 삶이나 의식, 존재의 의미를 그려내는 통찰력과 아울러 과학적 분석을 생각할 수 있었다. 그리고 문학의 의미에 진지하게 접근하지 못한 젊은 시절이라 정서적 자극은 더욱 크게 받아들였던 것 같다. 또한, 왜 문학을 해야 하느냐는, 한 번도 성의 있게 고뇌한 적이 없는 의문에도 관심을 두게 된 것이다.

　나는 이 책을 읽으면서 나와 내 땅과 존재의 의미를 어렴풋하게나마 그릴 수 있었고 문득문득 생명과 우주와 보이지 않는 세계의 숨소리를 들을 수 있었다. 비록 소슬바람에 흔들리는 나뭇잎처럼 들릴 듯 말 듯 외롭게 떨리는 소리였지만 그 울림은 무척 크게 느껴졌다. 다시 말하면, 스스로 정체성을 감지할 수 있는 한 가닥 성찰의 기회가 되었으며 한국인의 사상과 혈맥과 역사와 삶의 근원에 되돌아가는 느낌 속에 새로운 세계를 관조할 힘을 갖게 한 것이다. 그리고 나와 우리, 나의 풍토, 나와 생명, 나와 내 속에 숨겨진 영혼, 나와 우주가 연계되어 연줄처럼 풀어지는 보이지 않는 통로를 유추하는 꿈을 꾸기도 했다. 그리고 이 책이 수필의 범주에 속하는 것인지는 확신할 수 없지만, 문학을 하는 데는 한 가닥 지침이 될 수 있을 것이라는 확신으로 소개한 것은 분명하다.

　K씨는 몇 번이나 고개를 끄덕이곤 했다. 아마 그 책에 대하여 아는 바가 없었던 모양이다. 혹여 탐독한 작품을 소개한 것이 아닌가 하고 조심스러웠는데 모르고 있었다니 다행이었다.

　다음 만났을 때 K씨의 화두가 궁금하다.

이별 연습

길을 나섰다. 별로 갈 곳이 없다. 텅 빈 들녘 길을 따라 떠밀리듯 발길을 옮긴다. 겨울 문턱에 들어선 햇살이 앞산 산기슭을 더듬는다. 무거운 짐을 벗어 던진 텅 빈 가지들은 게으른 춤을 춘다. 햇빛 속에 섞여 몸살을 하듯 일렁이는 몸짓은 바람결이 부추긴 모양이다.

그 춤의 의미는 무엇일까. 삶의 기쁨이라 보기엔 너무나 초라한 모습이다. 세상 모든 걸 잃고 하늘을 향해 빈 몸으로 서 있는데 그게 무슨 기쁨의 율동이겠는가. 아니면 세상살이에서 빚어진 온갖 시련을 털어버리고 이제 홀가분한 마음으로 길을 떠나는 마지막 연회의 무도일까.

어제는 어머님 기일이었다. 미국에 사는 큰집 조카가 그곳에서 제사를 올릴 것이라 믿지만 그래도 마음이 편치 않아 산소를 찾았다. 머리를 조아려 참배하고 나서 이미 말라비틀어진 잔디밭에 쓰러지듯 앉아 마주 보이는 서쪽 하늘을 응시했다. 동짓달 짧은 해는 오후 세시가 조금 지났는데 벌써 어둠이 밀려올 것 같이 어둑해 보인다. 산

위에서 바라본 서녘 하늘, 햇살은 더욱 붉은빛으로 유봉산 자락에 누워있고, 그 위로 아직 길을 떠나지 못한 철새 몇 마리가 무거운 날갯짓으로 군무를 추고 있다. 금호강을 가로지른 철길 위로는 디젤 기관차가 미끄러지듯 달려가고 있었다. 황혼을 싣고 달리는 기차는 그림자를 떨구듯 스산한 뒷자리를 남기며 쓸쓸히 멀어져 간다.

어머니는 삼십 대의 젊은 나이로 이곳에 유택을 정했다. 나는 지금껏 살아오면서 어머니에 대한 연민으로 가슴을 앓아왔다. 그 아픔 밑바닥에는 존재에 대한 애착과 삶의 그늘, 지금쯤이면 기쁨을 찾아드릴 수 있을 것이라는 보상 같은 환상이 깔려 있다. 그래서 어머니만 떠올리면 항상 슬픔이 묻어있는 회색빛 공간에 갇힌 기분이었다.

그런데 어제는 그렇지 않았다. 바가지를 엎어놓은 듯한 한 평 남짓한 무덤이 그렇게 평화롭고 따뜻하게 느껴질 수 없었다. 모든 것을 벗어던진 나목의 자유처럼, 칙칙하고 고뇌스럽던 삶의 찌꺼기를 벗어던지고 아무 일도 없었다는 듯 황량하게 잠들어 있는 들녘의 망각처럼, 어머니의 정지된 세월이 무척 행복할 것이라는 생각이 들어서다.

나는 집에 돌아와서도 새롭게 다가선 어머니의 모습을 생각하며 밤잠을 설치고 말았다. 어찌하여 가련한 어머니의 모습이 행복한 모습으로 반전되었을까 하는 내 의식의 질문 때문이었다. 아무리 생각해도 그럴만한 이유가 없었다. 굳이 따지자면 무언가 잃고 있는 내 외로움 때문이라 할까. 세월을 잃어가고, 젊음을 잃어가고, 가슴을 뜨겁게 했던 사람들을 잃어가고, 그리고 나도 언젠가는 떠날 것이라는 초조감 때문일까. 그것이 내일일지 아니면 일 년 후가 될지, 오 년 후가 될지 모르지만 다른 사람이 내게서 떠난 것처럼 나도 떠나야 한다는 사실은 분명하니까.

나는 요즘 그런 분명한 사실을 진지하게 맞이하려고 연습을 하는 것이다. 물론 근간에 갑자기 관심을 두게 된 건 아니다. 오십 대 후반부터 짬짬이 생각하면서 서서히 버리는 연습을 한 것이다. 다만 그때의 연습은 다소 여유가 있었다면 지금은 진지하면서도 절박한 문제로 인식하고 있다는 것이 다를 뿐이다.

그래서 오늘도 나는 일거리가 있는 사무실을 벗어나 이렇듯 하늘과 바람, 햇살과 나무, 시든 들풀과 허무가 깔린 먼 들판 길을 산책하는 것이다.

어느새 야트막한 야산 나뭇가지에 낮달이 걸린다. 서산마루에는 아직 저문 해가 뿜어내는 붉은 운무가 삶의 미련을 털어내지 못하고, 이를 지켜본 반월은 안타까운 연민으로 미리 나와 전송하는 것 같다. 문득 해도 달도 모두가 나를 위한 것 같기도 하고 아니면 나만이 엉뚱한 세상에 나둥그러진 것 같기도 했다. 이런 시간에는 또한 무언가 많은 걸 생각할 수 있을 것 같기도 하고, 그 어떤 것도 생각할 수 없는 살아있는 죽은 자 같기도 했다.

그래, 언제쯤이면 사람이 없어도 외롭지 않고, 어둠 속에 갇혀 있어도 불안하지 않고, 먹을 것 입을 것이 없어도 당당할 수 있고, 사랑이니 영광이니 행복이니 하는 것들을 한갓 휴지 조각처럼 무심히 던질 수 있을까. 그러려면 나는 또 이 길을 얼마나 더 많이 걸어야 할 것인가.

반구정(伴鳩亭)에서

　　방촌문학상 운영위원회로부터 금년도 수상자로 선정되었다는 통지를 받았다. 기쁜 일이기도 하지만 다른 한 편으로는 불안하기 짝이 없다. 기쁘다는 것은 어떤 경위에서건 일부 층에서 내 작품을 평가해 주었다는 사실이다. 그리고 불안하다는 뜻은 내 문학성이 과연 평가받을 만큼 가치가 있는가 하는 의문 때문이다.

　　사실 그동안 이런저런 지면을 통해 심심찮게 발표는 했지만 그때마다 한 번도 뜨거운 감정은 없었다. 내 열정에 도취하여 주절주절 늘어놓긴 했지만, 야바위꾼처럼 남의 눈을 속이거나 정서를 희롱하였다는 생각이 들어 단 한 번도 마음 편할 수가 없었기 때문이다. 그런데도 그만둘 수 없었던 것은 그 짓 말고는 할 일이 없다는 것이었다. 그리고 그 짓을 접고는 내 자신의 존재감을 인식할 길이 없었다. 그래서 감정으로는 못난 놈이란 자책이 항상 나를 괴롭히고 있었지만 그래도 어쩌랴 하는 자족감이 불꽃처럼 가로막아 갈등에 빠졌던 것이다.

사실 상을 받는다는 것은 별 의미가 없다. 우선 근원적으로 수상할 자격이 있을까 하는 인식이 내 안에 깔렸다. 그리고 상이란 그 분야에 다른 사람의 귀감이 될 만큼 특별한 창작성이 있어야 하는데 세태는 그렇지 못하다. 무슨 거래를 하듯 상을 두고 주관처와 대상자가 비겁하고 추악하게 암약하는 경우가 허다하니 그에 대한 혐오 때문에 선뜻 발을 담그고 싶지 않아서다. 더구나 가슴 아픈 일은 새파란 젊은 아이가 잠시 무대 공연을 하는데도 출연료는 수백만 원을 호가한다고 하는데 명색이 문학상이라 칭하면서 시상금이 일이백만 원이 고작이고, 심지어는 수십만 원에 불과한 경우도 없지 않다. 그마저도 서로가 적임자라 우기며 치열하게 경쟁을 하고 있으니 측은하다기보다 영혼이 분해되는 가련함을 느끼게 한다.

그렇다고 나 또한 초연하지는 못했다. 이곳저곳으로부터 몇 차례 상을 받아야 했고, 정부로부터도 두어 차례 포상을 받은 바도 있다. 그때마다 나는 심한 갈등을 겪었다. 속된 감정은 끊임없이 허욕을 부채질했고 다른 한 편으론 나를 속여서는 안 된다는 쥐꼬리만 한 양심이 맞부딪치는 고뇌였다.

방촌문학상은 지난해에도 후보 신청서를 제출하라는 연락이 있었다. 하지만 정중히 거절했다. 욕심을 부릴만한 일이지만 곰곰이 따지면 막무가내로 나설 일은 아니었다. 한 시대 역사에 청정한 물길을 틔운 그분의 사상과 정신에 어느 정도 가까이 다가서려는 노력이라도 했던가 하는 나 자신의 반성 때문이었다. 며칠을 고민하다 결국 근간에 발표한 작품집이 없다는 설명으로 고개를 돌릴 수 있었다.

사실 그 해『꿈꾸는 비탈길』이란 시집을 출간한 바 있다. 나를 추천한 분들이나 주관처의 정성을 외면할 마땅한 방법이 없어 거짓말을 한 것이다.

그런데 이번만은 숨어야 할 명분이 없었다. 올해 들어 틈틈이 습작한 작품이 더러 있어서 그냥 밀쳐두려니 무언가 찜찜하여 큰 맘 먹고 출간한 게 얼마 되지 않았다. 아마 이런 사실이 풍문을 타고 귀띔이 된 듯하니 더는 사양할 방법이 없었다. 그리고 끝내 사양한다는 것은 건방지다는 오해를 불러일으킬 개연성도 없지 않아 감사한 마음으로 수락하였다.

그러나 마음 한구석엔 무언가 개운찮은 느낌이 들어 불편하게 지내다가 하루는 방촌 선생의 유적지라도 다녀와야겠다는 생각이 들었다. 6백 년이 넘도록 사람의 가슴에 물길처럼 이어온 인간적 정기와 학문적 향기를 은유적으로나마 음미하겠다는 심정에서다.

임진강 물결이 내려다보이는 반구정에 올라서니 초겨울 바람이 살갗을 파고든다. 그냥 겨울바람이라 느껴지지 않는다. 인간의 욕망이 물굽이처럼 꿈틀거리는 역사의 한복판을 연상시킨다. 그 모진 바람 속에 구멍이 숭숭한 옷자락을 여미며 초연이 역사와 진실을 붙잡고 있는 신상 같은 인간상을 떠올리니 가슴이 뜨거워진다. 그분이 반구정 난간에 기대어 앉아 네가 나의 본 모습을 알고 있느냐고 묻는 것 같았다. 하늘과 땅과 세상 모든 생명과 교류하며 밭을 갈아 씨를 뿌리고, 꽃송이에 영혼을 불어넣어 열매를 맺게 하고, 그 열매로 인간을 키운 소박 하면서도 큰 무게로 인간의 본질을 일깨운 진리를 네가 아느냐는 물음이기도 하다. 그리고 시를 읊는다.

"강호에 봄이 드니 이 몸이 일이 많다.

나는 그물 깁고 아이는 밭을 가니

뒷산 잘 자란 약초는 언제 캐려는 고"

큰 나무의 숨소리 같은 싯귀다. 햇살 머금은 바람이 잔가지를 흔들면 잎 틔울 걱정을 하고, 파란 하늘이 아득하게 높아지면 어둠 속에 자리를 펴듯 잘 익은 열매를 털어내며 침묵 속의 진리를 전하는 그런 숨소리를 연상케 하니 말이다.

역사 이래 권좌를 지키다가 손을 털고 허기진 모습으로 뒷자리에 물러선 사람이 얼마나 되는가. 세종대왕이 건네준 지팡이 하나에 의지하여 반구대 자락에 자리를 펴 밭을 갈고 그물을 깁고 약초를 캐는 일을 걱정하는 마음은 곧 신선의 마음이요 우주의 마음이요 인간이 지녀야 할 마음이었다. 반구대의 주인은 그 길을 걸어왔다.

이렇듯 긴 사색에 잠겨 있노라니 가슴이 떨리고 핏줄이 오그라든다. 설령 선생께서 직접 펴놓은 징표가 아니라 해도 선생의 정신을 유추한 반구정의 풍경이니 두렵지 않을 수 없다. 그러나 이미 정해진 일이고 보니 비록 선생의 빛을 따라 걷지는 못했지만, 그 품에 안겨 오늘 저리게 앓아 온 사유를 가슴에 담아내 남은 길을 걷겠다는 약속을 하게 된다. 그리고 경건한 마음으로 며칠 후 시상식에 참석할 작정이다.

병원을 다녀와서

가슴이 조여 온다. 빨랫감을 비틀어 짜듯 뒤틀리는 통증은 참을 수가 없다. 물론 처음 당하는 고통은 아니다. 십이 년 전에도 같은 경우를 당했다. 아내가 떠난 이듬해였다. 벌초를 하려고 혼자 일을 하다 갑자기 견딜 수 없는 고통이 밀려왔다. 간신히 아는 사람과 연락이 되어 그의 도움을 받아 병원을 찾게 되었다. 심장 부근 혈관이 막혔다며 허벅지를 뚫어 구겨진 혈관을 펴는 수술을 받았다. 며칠 입원한 후 치료가 성공적이라는 의사의 격려를 받으며 퇴원했는데 이년 후 다시 재발하는 불운을 겪게 되었다. 이번에는 같은 부위에 금속 통관을 네 군데나 삽입하는 수술을 받고 지금까지 그럭저럭 잘 지내왔다.

그런데 그놈의 증상이 또 나타났다. 시계를 보니 새벽 세시가 조금 지났다. 하필이면 밤늦은 시간이니 병원을 찾는 게 쉽지 않을 것 같다. 도리 없는 일이라 생각하고 억지로 참으며 복용했던 약봉지를 과용이다 싶을 정도로 털어 넣으며 날이 밝기를 기다렸다. 그리고 혓바닥 밑에 뿌리는 스프레이 약제도 연방 분사하였지만, 먹먹한 가슴은 좀처럼 풀리지 않았다.

아픈 사정도 견디기 어렵지만 무언가 감당할 수 없는 외로움이 더 착잡했다. 하기야 조금 떨어진 곳에 사는 아이에게 연락하면 남의 눈을 생각해서라도 불평하지는 않을 테고, 빈 가슴이라도 인정을 나누던 지인들이 더러 있으니 그들에게 알려도 매정하게 외면하지는 않으리라 믿지만 그렇게 유난을 떨고 싶지는 않았다. 어쩜 나 스스로 마련하고 고집한 자존심 때문인지 모른다. 어릴 때부터 누구에겐가 관심을 받지 못했고, 그런 고독이 들풀처럼 끈질기게 나를 위한 나만의 생명을 키워 온 탓이라 생각된다. 언제나 내가 생각한 일에는 주저하지 않고 뛰었으며, 힘겹고 두려운 일에는 다람쥐처럼 묘하게 피해 다니며 삶의 끈을 놓지 않았으니 말이다.

그런 삶이다 보니 누구에겐가 의지하려는 생각은 추호도 없었으며 비록 작은 일일지라도 신세를 지는 일이라면 내 정체성이 짓밟히는 것 같아 두고두고 짐이 되어 괴로워했다. 그리고 언젠가는 반드시 갚아야 한다는 생각으로 마음에 부담이 되었고, 그런 부담을 풀어야 비로소 묶여있던 고리가 풀리는 해방감을 얻게 되는 것이다. 그래서 지인들은 물론이고 아이들에게마저 아프다는 소리는 쉽지 않았고, 병원으로 안내해 달라는 소리를 하지 못하는 것이다.

힘겹게 밤을 보내고 이튿날 병원을 찾았다. 이미 예상한 결과지만 마음이 뒤숭숭했다. 수술한 지 오래되었으니 재발했다는 것이다. 간단한 검사를 마치고 응급 치료를 마친 후 의사는 조금 근심스런 표정으로 큰 병원으로 가라고 권고했다.

그렇다고 놀랄 일은 아니다. 어릴 때부터 절벽에 선 기분으로 살아온 세월이 벌써 칠순을 넘겼으니 어쩜 기적 같은 일인지도 모르며 아울러 지금 당장 죽는다 해도 삶에 대한 미련이나 죽음에 대한 공포 같은 건 없다. 오래전부터 환갑까지만 살아도 다행이라는 생각을 해왔고, 묵밭 같은 세상에 그나마 누릴 만큼 만족하며 살았으니 더 바랄 일은 아무것도 없다는 확신이 있다.

　가끔 비슷한 연배들이 모이면 으레 건강 얘기를 하면서 구십, 백세까지 살 수 있으니 힘을 내자는 소리를 듣게 된다. 그리고 나에게 관심을 두고 있는 젊은이들도 요즘 칠순 나이는 경로당에서 심부름꾼에 불과하며 백세까지는 인간 수명의 대세이니 스스로 학대해서는 안 된다는 충고를 듣기도 했다. 생에 대해 회의를 느끼며 자주 나약한 소리를 내뱉는 나에게 자신감을 잃지 말라는 격려일 것이다.

　하지만 인생이란 그렇지 않다. 그냥 숨을 쉬고 억지로 움직일 수 있다고 완전한 생명이라 믿지 않는다. 헛간에 밀쳐둔 녹슨 기계를 농기구라 할 수는 없다. 밭을 갈 수 있어야 하고, 씨앗을 뿌리고 열매를 거둘 수 있어야 농기계이다. 철새가 때가 되어 먼 이동을 하며 자연의 질서에 순응하고 스스로의 삶을 도모할 때 철새이지 떠날 수 없는 병약한 새가 사람의 보호를 받으며 우리 속에 갇혀 있으면 철새라 할 수 없다. 이름은 철새일지 모르지만, 능력이나 기능은 이미 철새와는 거리가 멀다.

　사람도 마찬가지다. 스스로 삶에 대하여 자신감을 갖고 건강한 세상의 일원으로 땀을 흘리며 인간의 몫에 충실했을 때 인간의 권위가 있지만 나이가 많아 남의 기능에 얹혀살 때는 이미 권위를 상실한 인간일 수밖에 없다. 그러니까 철새 아닌 철새라는 것이다.

평소 세상은 자연스러운 순환이 있어야 한다고 생각했다. 인간의 수명이 백 년, 백오십 년 장수하기를 갈구하며, 그 가능성에 흥분하고 있지만, 그것이 과연 행복한 미래라 할 수 있는가.

인간의 행복은 그가 지닌 감정과 행동을 자유롭게 누릴 수 있을 때 얻어지는 것이라 믿는다. 그런데 그런 감정과 자유로운 행동이 세월에 밀려 저만큼 웅크리고 있는데 미련스럽게도 더 긴 세월을 부여잡으려 버둥거리는 일은 허욕일 것이다.

그런데도 고개를 늘어트리며 병원을 찾아야 하는 것은 죽음에 대한 불안이 아니라 육신의 고통 때문이다. 그렇다고 그 고통을 감당하지 못해 스스로 목숨을 결정할 수는 없다. 목숨은 나에게 있지만 그를 주관하는 능력은 신에게 있기 때문이다.

병원 문을 나서니 오늘따라 하늘이 무척 파랗게 보인다. 그 하늘에 난 다른 세상이 있을까를 생각하며 실없이 웃는다. 의사의 치료 탓인지 심신은 한결 가볍다. 그리고 내일쯤 큰 병원을 찾아야 할지를 생각한다.

가련한 유령

밤차를 타고 몰래 고향 집을 찾는다. 대문을 밀치고 들어서려니 순간 서늘한 기운이 폐부 깊이 밀려든다. 항상 비워 둔 터라 습한 기운과 한기가 온몸을 휘감는 것이 마치 고라니의 찢어질 듯한 울음소리가 들리는 산골 깊숙한 어느 외딴 집에 들어선 기분이다.

이렇듯 으스스한 느낌을 받으면서도 나는 왜 이곳을 버리지 못하는 것일까. 다시는 돌아보지 않겠다며 밀쳐버리면서도 귀신에 홀린 듯 다시 기웃거리게 되니 내가 생각해도 이상한 노릇이다.

어머니 때문일까, 어머니는 반세기가 훨씬 지난 어느 겨울날 해거름, 서른일곱의 젊은 나이로 언제 한 번 마음 놓고 웃어 볼 겨를도 없이 가난과 병마를 짊어지고 쓸쓸히 눈을 감았다. 어릴 때는 몰랐지만, 차츰 나이가 들면서 그렇게 보낸 어머니의 기억이 꼭 내 탓인 것 같아 항상 날카로운 칼끝을 가슴에 꽂고 사는 기분이었다. 물론 어머니를 향한 특별한 잘못이 있어 그것을 감추고 산다는 뜻은 아니다. 그때 나이가 겨우 열두 살이라 내가 감당할 수 있는 일은 아무것도 없었지만 모진 꿈을 꾸듯 자꾸만 나의 죄업이란 생각이 들어서다.

아무것도 보이지 않는 어둠을 걸어가듯 한갓 몽환 같은 일이지만 죽은 어머니와 소통할 수 있는 공간은 바로 시골집이다. 엄밀히 말하면 당시의 집은 아니다. 지금의 집과는 대각선으로 5백 미터쯤 떨어진 서당 골목길 서쪽 끝 집이다. 하지만 돌아가시고 나서 두어 해쯤 지나 이곳으로 이사하면서 나는 아무도 모르게 어머니의 환영을 함께 옮겨왔기에 원래의 집이냐 아니냐에 대해서는 의미가 없다.

그렇다고 어머니의 추억 때문에 꼭 고향집을 찾는다고는 할 수 없다. 아니면, 코끼리가 죽을 때 태어난 곳을 찾는 것처럼, 연어가 먼 물길을 거슬러 스스로 알을 깨고 태어난 그 자리를 찾아오는 것처럼 귀소 본능 같은 것일까. 하여튼 나도 모르는 내 안의 스스로 어찌지 못하는 본능이 작용하는 것인지 모르겠다.

나는 빈집의 공허를 쓸어내려고 불을 밝히고 빗자루를 찾아 먼지를 쓸어내고 걸레질을 한다. 허망하고 황량한 것이 쓸려나가고 습기와 한기가 닦여진다. 그러다 보니 자정이 지나고 어떤 훈기가 봄 햇살처럼 살아난다. 한여름 나무 그늘에 앉으면 저절로 졸음이 몰려오듯 눈이 감긴다.

그런데 나는 왜 이곳을 떠나야 했고, 들고양이처럼 숨어서 찾아야 할까. 가만히 생각해 보니 나를 둘러싼 사람 때문인 것 같다.

오래전 속으로 아픔을 억누르며 떠날 때도 어둡게 짓누르는 사람이 있었다. 가장 따뜻하고 사랑해야 할 사람이지만 같은 자리에 머물다 보면 더 큰 갈등이 축적될 것 같아 차라리 보이지 않는 곳으로 옮겨야겠다는 결심이 나를 유랑인으로 만든 것이다.

따지고 보면 별일 아닌데, 그냥 웃어넘겨도 될 일인데, 이권이나 깊은 원한이 쌓인 것도 아닌데, 반목하고 질시하는 게 싫었다. 그렇다고 신천지를 염두에 둔 것은 아니다. 적어도 인간 세상에 신천지란 존재할 수 없다는 게 내가 살아온 경험에서 얻은 이치이다. 어쩜 더 가혹한 덫이 내 앞을 가로막을지도 모른다. 그러나 믿을 수 있는 것은 어떤 인간관계도 없다는 사실이 나에게 용기를 갖게 한 것이다. 길거리를 오가다 보면 지나치는 사람도 많지만 돌아서면 금방 잊어버릴 사람, 그 사람들 속에 섞여 사노라면 특별히 마음 졸일 일은 없기 때문이다. 그런 삶이 또한 이성적일 때는 평화롭지만, 감정적이거나 허욕일 때는 피를 부르기도 한다. 결국, 이처럼 삭막한 도심 속으로 기어들만큼 나를 둘러싼 고향마을의 관계가 그지없이 서글펐다는 뜻이 되겠다. 지금까지 그래 온 것처럼 자연스러운 상황에도 시기하고 모략하고 때로는 증오하며 살벌한 기세로 부딪혀 올 때가 있었던 작금에 느낀 나와 고향의 관계였다.

어쩜 나만의 관계는 아닐 것이다. 오랜 세월을 두고 부딪치고 변화하며 쌓이고 쌓인 우리 시대의 관계일지도 모른다.

옛날에는 그렇지 않았다. 나를 위한 관계가 아니라 관계 속의 나를 생각하는 삶이었다. 남의 아픔을 나의 아픔으로, 남의 기쁨을 나의 기쁨으로 환치하여 한 가정의 아랫목 같은 두터운 관계라 할까. 서로 이해하고 관용하고 상조하며 은애하는 그런 세상 말이다. 그러나 언제부턴가 세상인심이 변하기 시작했다. 서로 돕는 마음은 어느새 잘 살아야 한다는 독존으로 변질하였고, 이해하고 관용하는 의식은 오직 명예와 권세를 쫓아가는 세태가 되었다. 그런 세태가 우리 시대의 인간관계를 여지없이 허물어 버린 것이다.

그래서 나는 이렇게 몰래 숨어들어 옛날의 인간관계를 뒤적이고, 며칠이 지난 후에는 또 몰래 낯선 땅으로 떠나야 하는 것이다.

이럴 진대 내 영혼이 숨결처럼 서려 있는 고향마저 등을 돌리고 있으니 나는 지금 두 세상을 넘나드는 가련한 유령인지도 모른다.

여행 낙수

　일본을 방문했을 때다. 60년대 후반쯤으로 기억된다. 당시는 나라 밖 나들이가 무척 어려운 시기라 보통 사람으로서는 쉽지 않은 기회였다. 나라 경제가 숨 돌릴 틈 없이 바빴고 개인적으로도 먹고 살기가 막막할 때라 나라 밖으로 눈을 돌린다는 건 꿈조차 꿀 수 없었다.

　그런데 무슨 운이 닿았는지 생각지도 못한 기회가 나에게 찾아온 것이다. 나는 이 같은 기회를 좀 더 유용하게 보내려 가상되는 일정을 꼼꼼하게 준비했다. 가능하면 많은 지역을 방문하고, 그들 일본인의 심성이나 생활 속에 어떤 힘이 있었기에 외세로부터 침략을 한 번도 받지 않고 아시아의 선진국으로 끊임없이 한반도와 대륙을 넘볼 수 있게 하였는가 하는 의문을 살필 수 있으면 하는 심정이었다.

　그리고 역사 이래 우리의 가슴을 아프게 한 먼 시공의 흔적을 찾아보며 이 시대의 나를 확인하고 싶은 생각도 있었으며, 그들의 보이지 않는 내면을 추적하며 장점과 단점이 무엇인지 의미 있는 추리를 하리라는 다짐도 했다.

여정은 순조로웠다. 오사카 공항에 도착하여 예정된 일정에 따라 규슈를 거쳐 후쿠오카 나가사키를 둘러보았다. 이어 뱃길로 히로시마에 가서 다시 교토, 나고야, 요코하마, 도쿄를 거쳤다. 이어 센다이를 거쳐 아오모리에 이르렀고 다시 바다를 건너 하코다테 삿포로 이바시리까지 이르렀다.

보름간의 일정은 물 흐르듯 지나갔다. 규슈 곳곳에는 그 옛날 암울했던 슬픔을 기억하듯 검은 뼛조각처럼 흩어져있는 백제인의 흔적에 가슴을 쓸어내렸고, 임란 때 짐승처럼 끌려와 먼 바다 건너 고국 땅을 그리워하며 눈물로 빚어낸 도공 예술의 자취 앞에서는 오래도록 발길을 멈추게 했다. 오사카 골목에선 검은 대륙 아프리카에서 잡혀 온 노예들이 사탕수수밭 후미진 곳에 숨어 가슴으로 울었던 피눈물처럼 제국주의 사슬에 묶여 산 우리의 형제들이 아직도 인간의 자리를 찾지 못하고 고개 숙인 모습을 보며 함께 울어야 했고, 나가사키 히로시마 거리를 배회할 때는 잔인한 죄업이 얼마나 큰 것인가를 상기할 수 있었다. 그것은 미국이 일본에 내린 징벌이 아니라 인간이 범접할 수 없는 절대성이 악마적 본성에 내린 심판이라 생각했다. 그리고 한편으론 인간이 저지른 문명의 허욕이 멈추지 않는 한 언젠가는 이보다 더 가혹한 인류의 파멸을 초래하리라는 우려를 하기도 했다.

왜냐하면, 상상할 수 없는 참담한 원폭의 현장을 역사의 한복판에 남겨두고 있으면서도 아직 세계는 눈을 감고 더 강력한 파괴를 꿈꾸며 은밀히 경쟁하고 있으니 말이다.

교토와 도쿄에서는 어떤 적막감을 느꼈다. 수많은 사람이 흥청거리고 문명이 출렁거리는 광란 속 허무감 같은 것이다. 그들은 만나는 사람마다 친절하고 정중하지만 무언가 감추고 있는 의미 있는 겸손으로 보였기 때문이다.

소통이나 개방 속에서는 음모가 없는 법이다. 땅속 깊은 곳에서 몰래 들끓은 용암이 거대한 힘으로 분출하여 세상을 뒤집어 놓는 것처럼 형체 없는 심정적 불안감이라 할까, 물론 어느 정도 선입견이 없진 않았다. 역사 이래 수많은 노략질로 우리를 아프게 했고, 임진왜란과 국권 찬탈 기간에 이 나라를 짓밟아 온 사무친 상처는 결코 지울 수 없었으니 말이다. 하지만 일본 땅에 첫발을 디딜 때부터 고정관념은 털어 버리고 새 세상을 보는 자세로 임하겠다는 다짐을 하였기에 결코 선입감만은 아니었다.

그러나 16일간의 여정에서 내가 알고 싶었던 일본의 진정한 숨은 모습은 좀처럼 감지할 수 없었다. 어떤 가시적 현상은 체감할 수 없었고 다만 침묵 속에 잠재한 어떤 불편감이 무슨 암시처럼 나를 옥죄곤 했다. 그보다 더 간절했던 것은 뱃속이 그득하도록 우리 음식을 먹고 싶다는 생각뿐이었다. 그럴 수밖에 없었던 것이, 첫날 오찬장에서 맡은 일본 특유의 미소국이 얼마나 역하던지 마지막 날까지 머리를 절레절레 흔들 정도였으니 말이다. 그래서 끼니마다 빵 조각이나 지역마다 특산물로 판매하는 우리나라 떡처럼 오밀조밀하게 생긴 단과자 몇 개로 허기를 넘기는 게 고작이었다. 그러니까 우리네 밥상이 그리울 수밖에.

북해도를 마지막으로 다시 오사카로 되돌아와서는 제일 먼저 좁은 골목길을 사이에 두고 옹기종기 모여 살며 식당업을 하는 어느 한식집에 들렀다. 우리 일행은 앉기가 무섭게 이런저런 음식을 주문했다. 된장찌개, 불고기, 김치, 깻잎, 풋고추, 마늘 마치 한 열흘 굶은 사람처럼 이것저것 생각나는 대로 주워대며 그동안의 불편을 달래었다.

그런데 어느 정도 포만감을 느끼자 문득 떠오른 것은 내가 그토록 원하던 음식을 먹었다는 만족감보다 지금까지 잊고 살았던 나의 정체성을 확인하는 떨림이었다.

우리가 살아가면서 촌각도 떨어져서는 생명을 유지할 수 없는 햇빛, 바람, 물 같은 우주의 신비를 알고 있으면서도 절실하게 감사할 줄 모르고 사는 것처럼 내 영혼의 기반이요 정체성의 원천을 의미 있게 사유한 일은 별로 없었던 것 같다.

결국, 일본 여행에서 그들의 심층을 탐색하겠다는 의도와는 달리 나는 대륙의 반도, 한국 사람이라는 사실과 먹는 것, 입는 것, 사유하고 행동하는 그 모든 것이 나를 만들고 있다는 나의 원자를 확인하는 변명만 늘어놓게 되는 씁쓸한 여정이 되고 말았다.

천지송을 찾아서

N 시인으로부터 전화를 받았다. '솔바람 모임'이 있는데 동행하지 않겠느냐고 묻는 것이었다. 나는 주저하지 않고 동참하기로 했다. 솔바람이란 말이 무척 정감스럽게 들려왔기 때문이다. 우선 소나무는 우리 삶과 정서에 어떤 나무보다 깊은 인연이 있다. 사철 청정하고 푸른 기상은 선비의 기품으로 은유 되었고, 선비는 곧 가장 바람직한 인간의 모습으로 그려진 것이다. 그래서 예부터 제법 행세하는 집 바깥마당에는 으레 큼직한 소나무 한 그루가 심어져 있었고, 규모 있게 살아가는 문벌 높은 마을 어귀에는 흔히 널찍한 솔밭을 조성하여 풍류 있게 여유를 즐겼다.

내가 살던 시골 마을에도 그런 솔밭이 있었다. 풍치가 뛰어나 정자까지 세운 마을 뒤편 솔밭에는 지체 높은 사람들이 방문했을 때 정자와 연계하여 여유를 즐기는 장소였고, 마을 앞 들판 한복판에 만들어진 솔밭은 농사를 짓느라 땀을 흘린 사람들이 피로를 푸는 휴식의 공간이었다. 다시 말하면 정자 옆 솔밭은 상류계층의 유흥 장소였고, 들녘의 솔밭은 기층민의 쉼터였다. 이렇게 쓰임새는 뚜렷했지만 분명한 것은 두 곳 모두 그늘이 짙고 향기로운 솔바람이 불었다는 것이다.

나는 들녘 솔밭을 선호하였다. 본 모습과는 달리 정교하게 치장한 가면으로 모든 언행에 절제를 요구하는 정자 옆 솔밭은 어딘가 마음을 짓누르는 압박감 같은 게 느껴져서다. 반대로 들녘 솔밭엔 그런 것이 없다. 그날이 그날이듯 변함없는 하늘과 나무와 새소리처럼 아무런 구속이 없다. 거저 지천으로 깔린 풀잎같이 바람이 부는 대로 섞여 놀면 그만이다.

나는 여기서 내 유년을 키우고 그때 느낀 솔바람, 비록 형체는 보이지 않지만, 어딘가 폐부 깊숙이 젖어 오는 향긋한 내음, 그 정감이 오늘까지 사람과 생명과 자유와 평화를 그리워한 근원이 되었는지 모른다. 그래서 낯선 얼굴들과 어울리는 어색함도 생각할 겨를 없이 흔쾌히 따라나섰다.

세종문화회관 옆길에서 집결하여 출발한 지 1시간쯤 지나 강화도 초지진에 도착할 수 있었다. 푸른 바다가 내려다보이는 언덕바지에 긴 세월을 휘감고 있는 늙은 소나무가 있었다. '포탄 맞은 소나무'로 별칭 되는 나무의 자태는 이름이 은유하듯 안쓰러운 풍상이 엿보였다. 꼭 포탄 맞은 자국으로 단정할 수는 없지만 푸른 하늘을 손짓해야 할 주종 가지가 등 굽은 노인처럼 아래쪽으로 꺾여 있고, 뿌리 쪽 몸통은 극심한 상처가 아물어 자갈길처럼 너덜너덜했다. 그러나 바다 내음을 온몸으로 맞아들인 솔바람의 정취는 오래도록 우리의 발길을 잡았다.

솔바람은 솔잎을 어루만지는 해풍의 파음만은 아니었다. 바람에 풀씨가 날려지듯 강화섬의 먼 얘기가 메아리로 되돌아오는 여백의 소리까지 가슴으로 듣는다. 그 옛날 물길로 둘러싸인 고독한 땅, 내륙으로 출입하기에 쉬운 지정학적 입지 때문에 병인양요, 신미양요, 운양호 사건을 비롯한 끊임없는 외세의 침탈을 받았고, 그 과정에 포성이 난무하여 검붉은 피를 토한 역사의 상흔까지 말없이 간직하고 있음직한 소나무의 외롭고 의젓한 품격과 솔바람 소리는 어떤 경외감까지 느끼게 했다.

우리는 다시 천 년의 신비로 가득한 전등사를 찾았다. 무쇠솥을 거꾸로 엎어 놓은 듯한 형상이라 하여 정족산으로 불리는 산자락엔 역시 가득한 숲들로 오가는 사람들의 마음을 흔들어 놓았다. 특히 빽빽한 잡목 사이로 듬성듬성 서 있는 아름드리 소나무는 아무리 쳐다보아도 군계일학이었다. 일행은 꿈속에서 헤매듯 그 숲길을 더듬어 걷다가 지칠 때쯤에야 하산하여 산빛처럼 파아란 기운이 감도는 산채식당에서 때늦은 점심을 먹었다.

일정이 지체되었는지 인솔자는 서둘기 시작했다. 선원 초등학교에 있는 천지송을 보기 위해서다. 산허리를 돌고 들녘을 거슬러 한참을 달려가니 시골 마을이 꿈을 꾸듯 옹기종기 모여 있고, 그 위쪽 얕은 언덕바지에 있는 조그만 시골학교 교정으로 들어섰다. 조금은 눈에 거슬리는 운동장 연대 뒤편에 우아하면서도 장엄하고, 장엄하면서도 아름다운 반송(盤松)이 우리를 반겨주었다. 늦은 시간까지 일행을 맞이하려 기다려준 교장 선생이 이해에 도움이 되게끔 여러 방면으로 설명해 주었다. 그러나 명확하지 않은 나무의 수령이나 심은 사람의 설명 같은 건 관심의 대상이 아니었다. 관목처럼 처음부터 여러 가지 들이 사방으로 분리되어 거대한 두 손이 손가락을 벌려 하늘을 받드는 형상이었다. 마치 보이지 않는 세계의 어떤 신성마저 느낄 정도로 마음을 흔들었다. 물론 나만의 감정이 아니라 일행 모두가 유사한 느낌이 들었는지 우리는 오래도록 그 자리를 떠나지 못했다. 긴 침묵으로 천지송 주위를 서성이며 오랜 시간 사념에 빠져 있었다.

얼마나 시간이 흘렀을까. 누군가 "이제 갑시다."라는 독촉에 간신히 꿈에서 깨어나듯 발길을 돌릴 수 있었다. 그리곤 안해루란 편액이 먼 바다를 응시하는 광성보의 누각을 지나 긴 잣나무 숲길을 거닐다가 다시 H시인이 운영하는 문학관을 둘러 귀갓길을 서둘렀다.

그 무렵 시인은 자작시 두 편을 적은 쪽지를 건네주었다. 지면상 옮길 수는 없지만 천지송에 대한 애정이 담긴 시편을 속으로 읊조리며 솔바람 풍류를 마감하려 한다.

나의 삶, 나의 시

지금까지 내 삶의 대부분은 시골에서 보낸 셈이다. 눈만 뜨면 산과 들녘이 보이고, 강물이 흐르는 소리와 새소리 바람 소리가 들렸다. 그리고 계절마다 변화하는 자연의 신비를 느끼고, 그것들을 바라보며 순응하고 융해하는 순박한 사람들의 마음을 읽으며 살아왔다. 하지만 마음은 항상 서산마루에 걸려있는 노을처럼 쓸쓸하고 허무하기만 했다.

눈을 돌리면 꽃처럼 활짝 웃는 사람이 있는데 이곳에는 무언가 잃어버린 사람처럼 고개를 늘어뜨리고 들판을 서성거리는 사람들이 대부분이다. 그들은 왜 웃음기 없이 살고 있을까 하는 의문이 늘 가슴을 아프게 했다. 또한, 웃는 사람들은 과연 겉모습처럼 내면 깊은 곳에서부터 스며 나온 기쁨으로 웃는 것일까. 반대로, 내가 가슴에 담고 있는 사람들의 표정처럼 그들의 내면세계는 처음부터 삭막한 것이었을까. 그것은 아니었다.

땅바닥이 쩍쩍 갈라지는 가뭄이 들면 나무와 곡식은 서서히 타들어 간다. 그것을 바라보는 사람들의 표정도 시름과 한숨으로 핏기를 잃어 영락없는 풀잎이 되어간다. 여기서 나는 자연과 사람은 분리된 것이 아니라 하나의 생명으로 구성되어 있다는 사실을 읽게 된다. 다시 말하면, 사람은 곧 자연이요, 자연은 사람들에게 자신의 모습을 닮기를 바라며 들리지 않는 목소리로 법칙을 정해 놓고 있다는 것이다.

종교 밖에서 볼 때, 신은 형상도 목소리도 들을 수 없다. 그러나 사람들은 신의 모습을 닮은 완벽한 가상의 존재를 꿈꾸고 있다. 자연도 마찬가지다. 비록 진리의 설교는 없지만 무언가 끊임없이 교훈을 전하고 있다. 억겁 세월을 거치면서 태양은 빛을 멈춘 일이 없고, 계절이 바뀌면서도 생성과 소멸의 윤회를 한 번도 저버린 일이 없다.

그래서 나는 신의 모습은 곧 자연으로 이해하려는 것이다. 즉 우주의 근원에는 반드시 절대적 존재가 있을 법한데 인간의 능력으로는 도저히 실존을 규명할 수가 없다. 하지만 자연은 실감나게 장엄한 진리를 펼쳐 보이고 있다. 햇볕이 따사로운 봄날이 오면 모든 생명은 일제히 팔을 뻗어 긴 겨울 동안 갇혀있던 껍질을 벗고 생성을 찬미하게 된다. 그리고 서늘한 기운이 감돌면 또한 일제히 풍성했던 지난날을 안으로 감추며 붉은 옷을 갈아입고 순리를 따라 어디론가 떠날 준비를 한다. 이보다 더한 장엄한 능력이 어디 있겠는가.

그래서 신의 존재와 자연은 동시에 해석하려는 것이고, 설령 다른 방법으로 이해하려 해도, 창조자의 조화는 자연을 통해 설교하며 현상하기 때문이다. 스위스의 자연주의자 '아가시'는 자연의 연구는 최상의 정신과의 영적 교감으로 소홀히 할 수 없다고 했으며, 미국의 수필가 R. W. 에머슨도 모든 자연의 사실은 어떤 영적 사실의 상징이라고 그의 자연론에서 설파한 것은 다 그런 뜻이라 믿는다.

이렇듯 나는 자연에 대한 일단의 신앙적 심정으로 삶과 연관하려 애를 썼다. 자연 속에서, 자연의 실체와 변화를 눈여겨보며 인간 존재를 확인하려 하고 또 다른 높은 존재 세계의 해법을 추구하려는 끊임없는 의문과 긍정과 순응에 마음을 기대어 온 것이 내 삶이라 하겠다. 물론 나를 꾸미려는 뜻은 아니다. 또한, 마음과는 달리 그릇되고 오욕된 걸음도 많았다. 하지만 자칫 오해를 불러일으킬 수 있는 사설을 늘어놓게 된 것은 「나의 삶, 나의 시」란 청탁 제목에 충실해지다 보니 어쩔 수 없이 속마음을 털어놓게 되었고, 이러한 마음은 어디까지나 마음에 불과할 뿐 내 실행과는 어느 정도 상이점이 있다는 사실도 밝힌다.

여하튼 내 심중의 삶은 어디까지나 자연 속에 뿌리를 박고 있으며, 그 속에서 접목된 사유와 정서도 존재를 인식하고 나아가 새로운 존재 가치를 증폭시키려 항상 질문하고 갈등하며 수용한 것이다. 바로 내가 지향하는 시적 세계 역시 삶의 연장이라 자답할 수밖에 없다.

나무도 집도 지워지고
간신히 벽면만 보이는 식당 앞에서
눈밭 속에 갇힌 숨소리를 듣는다.
얼음장 밑으로 몰래 흐르는 물소리
푸른 생명의 촉수이다

개 한 마리 미친 듯 달려간다
개가 남긴 촉수를 따라
닫힌 문이 열리면 설원처럼
어둠 속의 주름진 눈빛들이 깨어날까

어느 잡지에 발표한 「눈 내리는 미시령 고개」라는 작품이다.

이렇듯 자연과 가상에 대하여 나는 끊임없이 질문한다. 어쩜 시적 논리로 접근할 때 빈틈으로 보일 수 있다. 그러나 내가 갈구하는 세계와 인간의 원형은 하나의 시학적 접근만으로 불가하다는 또 하나의 나만이 가진 신앙적 접근법이었는지도 모른다.

다시 말해서, '문학이란 무엇인가'라는 질문에 쉽고 의미 있게 대답할 길은 없지만, 분명한 사실은 인간 존엄과 행복의 확대라 생각한다. 그런 뜻에서 문학은 인간학이라 해도 지나친 말은 아닐 것이다. 결국, 자연을 향해 끊임없이 사유하며 반성하고, 질문하며 화해하는 시적 의도는 더욱 완성된 인간의 모습을 찾으려는 간곡한 나의 몸부림으로 규정하고 싶다. 그러니까 자연 속의 일원이 되어있으면서 숨을 죽이고 있는 내 이웃들을 인간의 기본으로 삼아 모든 사람이 더 높은 자리로 향할 수 있는 소망과 의지가 나의 시정신으로 암묵하고 있다.

좋은 세상

　세상이 술렁이는 걸 보니 또 선거 때가 되었는가 보다. 나같이 보통 사람인 줄 알았는데 졸지에 특별한 사람이 되어 백성의 마음을 불러 모으니 신기하기도 하고 야릇하기도 하다.

　어쨌든 좋은 세상이다. 그들은 몰래 도깨비 방망이를 감추고 있었는지 말만 들어도 가슴이 터질 것 같은 온갖 선물을 줄줄이 섬기며 자기 앞에 모이라고 한다.

　반세기가 넘도록 처절하게 대치하며 피를 흘려야 했던 남북 이념 갈등을 허물고 정상회담을 하여 평화와 공존의 시대를 열겠다고 한다. 근대국가가 성립된 후 줄곧 우리의 마음을 어둡게 했던 지역과 세대, 이념과 계층 간의 분열과 갈등을 해소하고 국민대통합의 길을 열겠다고 한다. 정치개혁도 하고, 경제민주화도 하고, 확실한 복지정책으로 소외계층을 없애고 국민의 70%를 중산층으로 향상시키겠다고 한다.

　이보다 더 좋은 세상이 어디 있겠는가. 가계부채로 고개를 들지 못하는 사람에게 반액을 감면하고, 신생아는 출생부터 보육까지 국가가 책임지고, 고등학교까지 의무교육을 하고, 대학 등록금은 절반으로 줄이고, 사교육비도 덜어주고, 희귀성 난치병과 중병환자 치료비는 국가가 전액 부담하고, 좋은 일자리를 늘리고, 이미 취업한 직장은 제도적 장치로 불안을 없게 하고, 최저임금도 상향조정하고, 근로시간도 단축하고, 경찰인원을 확대하여 범죄 없는 사회를 만들겠다고 한다.

또한, 모든 국민에게 기회는 균등하게 하고, 과정은 공정하게 하고, 결과는 정의롭게 하여 눈물과 한숨의 시대를 끝내겠다고 했다. 사람이 살아가는데 자칫 현혹될 수 있는 외형적 관행이나 치레보다 사람이 우선되는 나라를 만들겠다고 했으며, 이 땅의 불안은 누가 조성했는지 모르지만, 위기의 대한민국을 살리고 국민의 삶을 책임지겠다고 했다. 그리고 방방곡곡을 찾아다니며 어두운 곳은 밝혀주고, 삶에 필요한 소망을 하나하나 해결하겠다고 약속했다. 길도 닦아주고, 다리를 놓아주고, 산업단지를 조성해주고, 정부기관도 옮겨주고, 학교도 설립하고, 시장도 활성화해주고, 기업이나 농어촌은 과감히 지원하고, 개인이나 집단이 토로한 잡다한 불평불만은 상응하는 이익을 주겠다고 했다.

꿈을 꾸듯 황홀한 세상이 될 것 같다. 그림을 그려도 이처럼 감동적인 아름다움은 표현할 수 없을 것 같다.

언젠가 인도 오차로 지역을 여행하면서 좁은 시골길 언저리에 살고 있는 남루한 가정을 방문한 일이 있다. 집이라고는 하지만 움막보다 못한 곳이었다. 웃자란 풀잎을 얼기설기 엮어놓았지만, 하늘과 사방이 훤히 내다보였고 바닥은 때에 절인 천 조각을 깔아놓은 게 고작이었다. 집안에는 반반한 침구나 생활용품도 없었다. 내가 보기엔 사는 게 아니라 야담에나 있을 법한 지옥 같은 환경이었다. 가장은 일이 있을 때마다 근처 농장에 나가 잠시 일을 거들어주는 일급 노동자였고, 절대 생계수단은 아이 넷이 풀밭을 돌아다니며 소 세 마리를 길러 우유를 얻는 게 고작이었다. 그런데 그들은 환한 웃음을 지으며 행복하다고 했다. 운명(전생의 업보)을 이승에서 충실히 수행해야 다음 생을 보장받을 수 있으니 지금의 짐을 뭐라 무겁다 하리오 하는 뜻이었다.

문득 사람의 웃음이 아니란 생각이 들었다. 모든 것을 내려놓고 푸른 하늘과 맑은 바람과 밝은 빛만 가득 채워 산속 외진 곳에 버려져 있어도 근원을 잃지 않는 부처의 미소 같은 것이었다. 결국, 기쁨이란 자갈밭에 앉아서도 웃을 수 있어야 한다는 걸 그들의 미소에서 발견한 것이다.

나는 봇물처럼 쏟아내는 좋은 세상 얘기를 들으며 그때의 미소를 떠올린다. 하기야 제멋대로 얼굴을 뜯어고치는 세상이고 표정이나 미소를 자유자재로 둔갑하는 현대인의 웃음에 무슨 의미가 있겠느냐마는 그래도 믿지 않고는 달리 방법이 없는 게 이 땅의 불행한 현실이 아닌가. 그러기에 목이 쉬도록 나를 따르라는 웃음이 오차로에서 만난 그 사람의 웃음이기를 간절히 바라는 것이다.

그런데 감추는 게 있는 것 같다. 신천지를 말하기 전에 먼저 누리고 있는 특권부터 내려놓겠다는 약속이다. 법 위에 군림하는 은밀하고도 관행적인 권력을 내려놓고, 불체포특권도 내려놓고, 백성은 눈물을 흘리는데 자신들의 세비를 슬그머니 올리는 방종도 내려놓고, 제 몫을 못하는 국회의원 숫자도 줄이고, 의원외교를 빙자하여 해외관광을 일삼거나 이런 저런 빌미로 부정부패를 일삼는 근원도 차단하고, 전직의원 연금제도 내려놓고, 운전기사 월급까지 국민이 부담해야 하는 등 공정치 못한 예산도 내려놓겠다는 자기 성찰이 선행되어야 더 좋은 세상이 될 것 같다.

어쨌든 온 나라를 들끓게 했으니 좋은 세상은 분명히 올 것 같다. 제발 거짓이 아니기를 바라며 잃어버린 웃음을 찾아주었으면 한다.

지상의 연옥

　지난해부터 아픈 데가 늘었다. 오래전에 말라붙은 심장혈관을 뚫어 쇠붙이를 박고 간신히 피를 돌게 한 지병을 숙명처럼 껴안고 살아야 한다. 그래서 아침저녁으로 약봉지를 털어 넣으며 불안하게 살아가는 처지다. 그런데 엎친 데 덮친 격으로 요즘은 이곳저곳 들쑤시는 데가 많다. 얼마 전부터는 허리가 아프고 다리가 저려 움직이기가 불편하다. 병원에선 디스크라는 진단을 내렸다. 수술할 수도 있으나 쉽게 손 쓸 일이 아니니 우선 약물치료와 물리치료를 하면서 교정을 해보는 게 좋겠다고 했다. 물에 빠진 놈이 지푸라기라도 잡는다는 말처럼 시키는 대로 따라 하지만 별반 차도를 느끼지 못하고 있다. 그런데다 근간에는 이가 아려 미친 사람처럼 밤새 방구석을 헤매야 했고, 이를 치료하고 나서 한동안 안도하고 있으려니 이번에는 눈이 메마르고 침침하여 또다시 안과병원을 찾았다. 바라만 보아도 푸근해 보이는 늙은 의사가 백내장 증세라고 했다. 아직은 그렇게 심각하지는 않지만 그래도 위험할 수 있으니 처방해준 약을 빠뜨리지 말라고 한다.

세상 대하기가 부끄럽다. 물론 그럴 나이가 되었지만, 그런 사실을 잊고 살면서 아직도 세상은 내 것이라 믿었던 게 부끄럽다는 것이다. 만약 생명을 주관하는 절대자가 있다면 그 앞에 민망스럽고 송구스럽다. 그리고 모르긴 해도 의료비를 지급하는 보험공단 관계자도 짜증스러워할 것 같다.

누군가 병마는 죽음의 심부름꾼이라 했다. 세상이 이토록 아름답고 세월은 아직도 저만큼 멀어 보이지만 나도 모르는 사이 보이지 않는 곳에서 나를 부르는 손짓을 하고 있는가 보다. 하기야 전연 관심 없이 살았던 것은 아니다. 주위에 아파하다가 죽어가는 모습을 바라보면서 언젠가는 나도 그 길에 서게 될 것이라는 숙명을 생각하며 숙연한 마음으로 현재 내가 앉을 자리를 확인하기도 했다. 그러나 그런 자경은 잠시 뿐 밀려오는 생각과 행동에 부대끼다 보면 다시 망각의 원점에 서 있는 것이다.

언젠가 독실한 가톨릭 신자인 L씨로부터 연옥(煉獄)이란 말을 들은 바 있다. 천당과 지옥 사이의 영지로 죽은 자가 바로 천당으로 가지 못할 때 그 영혼이 머물며 정화하는 곳이라 했다. 그때는 그 말이 무엇을 말하는지 몰랐다. 그냥 농담처럼 흘려보내는 것으로 귀담아 듣지 않았다. 그런데 지금 생각하니 지나칠 말이 아니란 생각이 들었다.

어쩜 나는 지금 지상의 연옥에 머물고 있는지 모른다. 병마가 죽음의 심부름꾼이라면 나는 당연히 있어야 할 자리에 머물고 있다는 생각이 들었기 때문이다.

그렇다면 가서 할 얘기라도 준비해야겠다. 이승이란 참 재미있는 곳이라고 일러줘야겠다. 두 번 찾을 곳은 아니지만 한 번쯤 경험하는 것은 정말 신나는 일이었다고.

사람이란 존재는 등나무처럼 얽히고설킨 관계를 이루어 부모가 되고, 형제가 되고, 사돈 팔촌이 되고, 얼핏 보면 비슷한 모습이지만 엄밀히 분석하면 남녀란 게 있어 부부가 되고, 그것들이 벌이는 마술 같은 세상사는 놀랍도록 재미있었다고 말할 것이다. 그리고 사람은 다른 생명이 지닐 수 없는 생각하는 능력과 감정이 있어 기뻐하면서 슬퍼할 줄 알고 사랑하면서 괴로워할 줄 알아 마치 꿈을 꾸듯 자신마저 알 수 없는 이야기를 만드는 존재라고. 그러니까 태어나서 죽을 때까지 별 볼 일 없는 그림을 그리는데 정열을 쏟는 텅 빈 존재에 불과하다고. 형상 없는 사랑을 그리는데 매달리고, 내 것도 아니면서 마치 영원히 소유할 것처럼 무언가 쌓아가는 그림을 그리고, 손이 닿을 수 없는 미지의 행복을 찾으려 끊임없이 몸부림치는 모습은 눈먼 벌레가 풀밭과 오물더미를 구분하지 못한 채 광야를 맴도는 것 같았다고. 그런데 놀라운 사실은 우주에서 이름을 가진 모든 것, 아니 이름 없는 존재까지 모두를 그림을 그리는 재료로 생각하여 문명이니 문화니 하는 이름으로 짓이기며 뜯어 마당놀이를 하는 꼴은 결국 제 살을 깎아 먹으면서도 축복인 줄 아는 게 쓴웃음을 짓게 하였다고.

결국, 사람이란 것들은 자면서 꿈을 꾸고 그 꿈을 그리느라 허우적거리다 어느 사이 지상의 연옥에 다다르게 되지만 그래도 꿈속을 헤어나지 못하는 존재라고. 그래서 인생이란 긴장하거나 두려워할 필요는 없었고 절박하게 살아야할 이유도 없는 뜬구름 같은 것이었다고.

오직 두 가지 목적만을 절대적 가치로 알고 우왕좌왕하는 지극히 단순한 역정이었다고 증언할 것이다. 하나는 죽지 않고 오래 사는 것이고, 또 하나는 자신이 바라는 것을 얻어 행복하기를 원하고 즐기는 일이라 할 것이다. 더러는 이런 목적 때문에 힘겹고 슬퍼할 때도 있지만, 짐승이나 나무 같은 다른 생명의 눈으로 보면 한없이 가엽게 보였을지 모른다. 그것은 인간의 값이 아닌 가장 천박한 환상의 허욕을 가슴 가득 채우고 있었기에 느낀 현상일 것이다. 그래도 세상은 즐겁고 사람은 아름다운 존재였다고 말할 것이다.

3
골목안 사람들

가슴으로 보는 눈

골목길을 나서면 어김없이 만나는 여인이 있다. 큰길로 이어지는 어귀에서 붕어빵을 굽는 사람이다. 처음 만났을 때는 빵을 굽는 사람이 아니었다. 집 앞에서 몇 발짝 떨어진 목욕탕 길 언저리에 앉아 이런저런 채소를 펴놓고 사람을 불러 모으고 있었다. 그 후로는 양말과 여인들의 속옷을 늘어놓고 오가는 사람들의 관심을 끌기도 했는데, 이번에는 낡은 빵틀을 앞에 두고 땀을 흘리는 게 아닌가. 장사하는 품목을 자주 바꾸는 게 이상하여 "이번에는 붕어빵입니까?" 하고 물었더니 "아는 사람이 하던 건데, 버리기가 아깝다면서 나보고 해보라네요." 하면서 싱긋 웃었다.

그는 참으로 인사성이 밝은 사람이다. 언젠가 그가 펴놓은 목판 앞을 지나치는데, 아주 오래전부터 친면이었던 것처럼 상냥하게 인사를 건네는 것이 아닌가. 아무리 생각해도 물건을 구매할 사람이 아니란 것쯤 알만한데 친절하게 남의 마음을 휘어잡으려는 태도가 왠지 낯설게 느껴졌지만, 여인은 이튿날도, 그 이튿날도 여전히 밝은 표정으로 인사를 건네곤 했다.

나도 모르게 최면에 걸린 것일까, 아니면 홀연히 몰입된 학습효과일까. 어느새 나는 여인에게 친근감을 갖게 되었고, 나중에는 내가 먼저 다가서며 "장사가 잘됩니까?", "춥지 않습니까?", "밥은 먹었습니까?" 하고 말을 건네는 사이가 되었다.

그럴 때면 큰 눈을 더 크게 뜨는가 하면 두툼한 턱 살을 움직이며 웃음을 짓곤 했다.

솔직히 말해 여인은 무척 못 생긴 사람이다. 자그마한 키에 조금은 민망할 정도로 살이 찐, 그야말로 감당키 어려운 인상이었다. 거기다가 힘자랑을 하는 운동선수처럼 두 팔을 대각선으로 흔들며 걷는다. 그런 모습은 바라보는 것만으로도 어떤 불안감을 느끼게 했고, 머리를 감지 않아 부스스한 행세는 금세 냄새가 풍길 것 같았다.

그러나 마음만은 무척 따뜻한 사람이었다. 그럴 것이, 그의 주위에는 언제나 두 서너 사람이 같이 모여 있었으며, 무슨 얘기를 나누는지 때로는 손뼉까지 쳐대며 즐거워하는 모습만 보아도 짐작이 되었다. 골목 막바지에 사는 중풍으로 한쪽 수족을 움직이지 못하는 늙은 할머니도 그 중 한 사람이다. 그분 역시 병마 탓에 말투가 어눌하여 듣는 사람으로 하여금 답답함을 느끼게 하지만 조금도 주눅 들지 않고 인사를 잘하는 사람이다.

그리고 손님이 뜸한 날에는 주저하지 않고 철판 위에 모아놓은 빵을 함께 나눠 먹는 것이었다. 결코 쉽지 않은 일이었다. 어쩜 절박한 생존 수단일 텐데 별다른 뜻 없이 하는 행동이 내가 보기에는 낭비 같기도 하고, 달리 생각하면 천부적인 자신감과 여유로 보였다.

그렇다. 그건 여유였다. 남루한 차림에 힘든 일을 하면서도 남들을 의식하지 않는 여유, 가난해서 부끄러운 게 아니라 밑바닥 생활이지만 충실하게 살아가려는 의지의 여유였다. 그리고 길거리를 오가는 사람은 모두가 자신의 착실한 고객이라 생각하며 꾸밈없이 인사를 나눌 수 있는 자신감, 존엄성이란 스스로 경멸해서는 다가설 수 없다는 강인한 믿음을 가진 듯한 자신감을 엿보게 한 것이다. 그래서 나는 여인을 따뜻한 사람으로 보았고, 그 따뜻함이 아름다운 사람으로 느낀 것이다.

문득 사람에게는 두 개의 눈이 있다는 생각을 하게 된다. 하나는 그냥 사상을 보는 눈이요, 또 하나는 가슴으로 보는 눈이다.

그냥 눈은 장미꽃을 보지만 가슴의 눈은 향기를 느낀다. 그냥 눈은 아득하게 펼쳐진 지평선과 그 위에 춤추는 나무를 보지만 가슴의 눈은 지층 깊숙이 숨어있는 뿌리와 그 뿌리가 자양분을 긁어모으고 물을 퍼 올려 나무를 키우는 고통스러운 힘을 느낀다. 그냥 눈은 까마득히 높아 보이는 푸른 하늘을 보지만 가슴의 눈은 푸른 하늘에 핏줄처럼 얽혀있는 생명의 원소를 느낀다. 그냥 눈은 어머니의 얼굴을 보면서 그 얼굴에 번진 기쁨과 슬픔을 보지만 가슴의 눈은 마음속 가득 고인 사랑을 본다.

나는 처음 한동안 여인의 일그러진 모습을 눈으로 보아왔지만, 세월이 흐르면서 차츰 가슴으로 보게 되었다. 그래서 놀랍도록 아름답고 사랑스러운 모습을 발견한 것이다.

폐지 줍는 사람들

대문을 나서면 으레 만나는 사람이 있다. 바로 폐지를 줍는 사람들이다. 비슷한 처지에 있는 세 사람이 일정한 시차를 두고 골목길을 누비는데 하나같이 나이가 꽉 찬 분들이다. 큰 걱정 없이 사시는 분이라면 아마 바깥출입마저 꺼릴 사람들이다. 어쩌다 세상을 잘못 만나 눈 뜨기가 바쁘게 고달픈 몸을 이끌고 넓은 동네를 구석구석 돌아다니며 남들이 쓰다 버린 종이나 상자 나부랭이를 거둬가는 일을 한다.

그 가운데 나이가 가장 많아 보이는 서 씨는 나지막한 키에 허리마저 활처럼 굽어 더 작아 보인다. 다행히 걷는 데는 좀 불편해 보이지만 부인과 함께 다니다 보니 하는 일이 다른 사람보다 조금 수월해 보였다. 또 한 사람은 장 씨로 불리는데 홀로 살아서인지 항상 옷차림이 남루하고 후줄근했다. 남들이 입다 버린 것을 주워 입은 것처럼 보였다. 그리고 무슨 병을 앓고 있는 것처럼 안색이 무척 초췌해 보였다. 다른 한 사람은 백씨였는데 나이답잖게 무척 건강한 사람이다. 키가 크고 몸집이 단단하였으며 음성 또한 괄괄하여 때로는 위압감을 느

낄 때가 많다. 그런 성품 탓으로 십여 년 전까지만 해도 골목 안에서
는 상대하기 어려운 말썽꾼으로 통했다는 것이다. 가끔 만취상태로
길거리를 활보하면서 서슴없이 바지춤을 내려 소피를 보는 무례를
범했다고 했다. 그래서 골목안 사람들은 그 영감 아랫도리는 동네 물
건이라고 수군거렸다. 하지만 몇 해 전 어떻게 비슷한 연배의 여인과
인연이 되었고, 함께 살면서부터는 모든 행동이 몰라보게 달라졌다
고 했다. 그렇게 즐기던 술을 끊었고, 그날 번 돈은 그날 다 쓰던 무분
별한 생활도 바뀌었다는 것이다. 또한, 서먹했던 이웃과도 스스로 다
가서며 인정을 나누려 했고, 때로는 두 내외가 나란히 밤거리를 산책
하며 삶을 즐기기도 했다는 것이다.

　내가 그분들의 사정을 알게 된 것은 특별한 인간관계가 있어서 아
니다. 그렇다고 꼭 알아야 할 사연이 있었던 것도 아니다. 그들이 서
씨 백씨 하고 부르니까 그런 줄 알게 되었다. 그리고 언젠가 편의점에
들렀다 나오는 길에 마침 그 앞을 지나치다 장씨가 수레를 멈추고 담
배 있으면 한 개 달라고 하기에 무슨 생각에선지 한 보루를 사준 일이
있다. 그걸 인연으로 생각했던지 나중 만나게 되면 무엇인가 이야기
를 나누려 했다. 그때 듣게 된 잡담이 인연이라면 인연인 것이다.

　장씨의 말에 의하면 그들 세 사람은 별로 사이가 좋지 않다고 했다.
백씨가 워낙 성질이 거치니까 두 사람은 고양이 앞에 쥐처럼 아예 상
종하지 않고 가능하면 피해 다녔다고 했다. 한번은 서씨가 백씨의 온
당치 않은 성격에 끌려 다녀서는 안 되겠다며 큰 맘 먹고 대들다가 발
길에 차여 여러 날 출입을 못했다고 하였다. 먹고 사는 문제인데 자기

가 다니는 길에는 얼씬도 못하게 하였으니 그럴 수는 없다고 생각한 행동이 결과적으로 더 큰 두려움만 갖게 되었다는 것이다. 장씨는 두 사람을 화해시키려 없는 처지에 치료비라도 주는 게 좋을 것 같다고 백씨에게 간곡히 권유했지만 오히려 심한 협박만 하더라는 것이다.

그 후 세 사람은 시간대를 나누어 일거리를 찾았다고 했다. 특별히 약속한 바는 없었지만 폭행 당사자인 백씨가 마음이 편치 않았던지 스스로 새벽에만 수거하러 다녔고, 그 시간 또한 일거리가 제일 많을 때라고 했다. 그리고 낮에는 장씨 자신이 맡게 되었고, 저녁 시간에는 서씨 내외가 수거하게 되었다는 것이다.

그렇게 겉으로는 갈등 없이 지내던 어느 날 장씨가 세상을 떠났다. 그의 죽음은 아무도 몰랐다. 작은 수레를 끌며 골목길을 누벼야 할 사람이 한동안 보이지 않아 이를 수상히 여긴 서씨 내외가 그의 숙소를 찾아 문을 두드렸지만 반응이 없었다는 것이다. 순간 불길한 예감이 들어 문을 따고 들어가 보니 이미 싸늘한 시체로 굳어 있더라는 것이다. 방안에 있던 생활용품이 무질서하게 흩어진 것을 볼 때 고통을 참느라 무던히 애쓴 흔적 같았다고 했다.

장씨는 평소 말이 적은 편이라고 했다. 누가 말을 걸어오면 조금은 귀찮다는 듯 일그러진 미소만 지었다고 했다. 그런 태도가 더 측은하게 보여 약방 여주인은 일부러 그 사람을 위해 따로 폐지를 모아 두었다가 내주었지만 감사하다든가 하는 인사치레는 한마디도 없을 만큼 입이 굳어 있었다는 것이다. 하지만 소주라도 한 잔 마시게 되면 자주 자식들이 보고 싶다는 말을 했다고 한다. 그러면서도 자식들이 어디 살고 무슨 일을 하는지는 절대로 입을 열지 않았다고 했다.

그래서 그의 죽음을 알릴 방법은 없었다. 겨우 생각한 곳은 파출소였다. 그리고 동료 백씨였다. 감정적으로 편한 사이는 아니지만, 유유상종이라 할까 혹은 동병상련 같은 동질성 때문인지 아무리 생각해도 알리지 않고는 안 될 것 같았다고 했다.

그런데 생각지도 않은 일이 벌어졌다. 부인을 맞이한 후 딴사람이 되었다고는 하지만 그래도 확실한 믿음이 없었는데 백씨가 선뜻 나서며 장씨의 장례비용을 자신이 부담하겠다고 선포하였기 때문이다. 그런 덕분에 평소 입고 있던 남루한 차림으로 떠나야 할 망인이 놀랍게도 누런 황포로 지은 수의를 입게 되었고, 거적에 둘둘 싸여 서럽게 묻힐 시신은 매끈하게 짠 나무 관에 안치될 수 있었다.

그리고 영구차가 떠날 때, 바늘에 찔려도 눈물 한 방울 흘릴 것 같지 않던 백씨의 눈언저리는 촉촉이 젖어있었고, 그런 모습을 지켜본 서씨가 슬그머니 다가서며 백씨의 팔을 잡고 떨리듯 흔들었다. 누구든 사람은 죽는 것이라고, 좀 먼저 가는 것일 뿐 좋은 곳으로 떠났으니 울지 말자는 뜻 같았다.

나는 그런 모습을 보면서 그래도 세상은 좋은 사람이 많기에 굴러가고, 살만한 곳이라는 생각이 들었다.

수해가 있던 날

　폭우로 길 가 가게들이 대부분 침수되었다. 모두가 발을 동동 구르며 안타까워한다. 일부는 앉아서 당할 수 없다는 듯 양동이로 물을 퍼내며 안간힘을 쓰고 있다. 그런데 망연자실 할 수밖에 없는 곳은 지하였다. 골목에서도 제일 큰 가게가 지하에 있기 때문이다. 오십여 평이 넘는 공간이 물바다가 되었고 산더미처럼 쌓인 물품이 그대로 잠겨버렸다. 어떤 물품은 물거품처럼 둥둥 떠 출입구 쪽으로 밀리기도 했다.

　구경 나온 사람들은 가슴을 쓸어내리며 안타까워했다. 그럴 수밖에 없었다. 배추 한 포기를 사면서도 몇 번이나 지갑을 생각해야 했고, 필요한 물품이나 먹고 싶은 음식재료가 있어도 멀찌감치 바라보며 침만 삼켜야 하는 밑바닥 사람들에겐 쓰레기처럼 떠있는 상품 앞에 어떻게 무심할 수 있겠는가.

　한 여인이 참을 수 없다는 듯 과자봉지 하나를 집어 든다. 봉지에 묻어 있던 물기가 눈물처럼 흘러내린다. 아니, 어쩜 눈물인지도 모른다. 하루아침에 재산을 잃게 된 가게 주인의 눈물, 벌집처럼 진열되어 있는 물건을 바라보면서도 호주머니만 더듬다 그냥 지나칠 수밖에 없는 가난한 자의 가슴속 깊이 고여 있는 눈물 같은 거다.

과자봉지를 잡은 여인은 쉽게 발길을 옮기지 못한다. 욕심이라기보다 아까운 마음에 불쑥 집어 들긴 했지만 막상 잡고 보니 경솔한 행동이라 느꼈는지 멋쩍어하는 표정만 지었다.

그때 버럭 소리를 지르는 사람이 있었다.

"여보시오, 뭐하는 거요. 불난 집에 부채질 하는 거요. 남은 가슴이 막혀 죽겠는데 허락도 없이 물건에 손을 대요. 당장 내려놔요."

금시 주먹질이라도 할 듯 한마디 뱉고는 돌아선다. 보아하니 주인은 아닌 것 같고 현장을 살피러 온 관리직원 정도로 보이는데 태도가 무척 몰상식해 보였다.

여인은 돌덩이처럼 굳은 채 그 자리를 쉽사리 떠나지 못하고 있었다. 갑작스런 수모가 참을 수 없었는지 입술은 파르르 떨었고 눈에는 이슬 같은 눈물이 맺혀 있었다.

이번에는 그런 모습을 바라보던 한 남자가 기염을 토했다.

"개새끼들 버려질 물건인데 하나 가지면 어때. 있는 놈들은 쓰레기도 재물인 줄 아는 모양이야. 저 새끼들 사람도 아니야. 못사는 사람들 속에서 돈을 벌었으면 쓸 줄도 알아야지. 경로잔치 할 때 찬조 한 푼 안 한 놈들이 자기들 물건 사 달라고 광고지만 돌린 놈들이야."

남자의 폭언은 거침이 없었다. 어디서 낮술이라도 한 잔 했는지 취기마저 있어 보였다. 모인 사람 가운데 더러는 수긍하는 뜻인지 맞장구를 치기도 했다.

갑자기 아는 사람의 집에 문상 갔을 때의 일이 떠올랐다. 사십년도 더 지난 일이지만 아직도 잊지 못하는 것은 사람이 어떻게 살아야 하는가를 깨닫게 한 사건이었기 때문이다.

그러니까 사람이 죽었는데도 초상집엔 문상객이나 상두꾼이 없어 모두들 걱정하고 있었다. 시골 풍습으로는 궂은일을 당하면 설령 불편한 사이라 해도 개의치 않고 마을 사람 모두가 자기 일처럼 도움을 주는 게 일반적인데 자기네 친지들만 모여 우왕좌왕할 뿐이었다.

고인의 집은 지역에서도 제법 큰 상점을 경영하고 있었고 알부자란 소리를 들었다. 가깝게 지내던 사람들의 말로는 과수원도 있고 양조장도 있고 정미소도 있다고 했다. 시골에서 돈이 될 만한 사업은 놓치지 않았다는 것이다. 그런 사업을 하는 동안 연관된 사람들이 적지 않았고 이웃 또한 평화스럽게 모여 사는 것 같았는데 왜 도우려는 사람이 보이지 않았을까. 처음은 무슨 사연인가 하고 무척 의아스러웠다. 그리고 길거리에서 무심히 서성거리는 동네 사람들이 야속하게 보였다.

나중 알고 보니 그게 아니었다. 고인이 무섭도록 욕심을 부리며 이웃들을 안하무인격으로 대했던 것이다. 얼마나 지독했는가 하면 자기 사업장 직원이 어쩌다 월급을 가불한 것까지 날짜를 따져 이자를 받았다는 것이다. 더구나 못할 짓은, 돈을 빌려간 사람이 누구이건 상관없이 담보물을 저당해야 했고, 기한 내에 상환하지 못하면 길거리로 쫓아내면서까지 처분했다는 것이다.

그러니까 죽음 앞에는 모든 게 용서된다고 했지만 그런 일을 당한 사람이나 알고 있는 사람들이 선뜻 나서지 않았던 것이다. 결국 다른 지역에서 인부들을 고용해 장례를 치르긴 했지만 가족들은 끝내 그곳에 뿌리를 내리지 못하고 다른 곳으로 떠나고 말았다.

내가 생각해도 이상한 일이었다. 물에 잠긴 가게 앞에서, 낯선 남자의 원망에 찬 소리를 들으면서, 엉뚱하게도 이미 기억 속에 가물거리는 세월 저편의 불미스런 장례 사연을 떠올리는 것일까. 그런 사연과 오늘 수해 입은 일이 어울리지는 않지만 어떤 상관관계를 유추했기 때문일까.

생각지도 않게 나 혼자 도취되어 먼 시간여행을 하고 돌아왔지만 남자는 여전히 골목을 흔들고 있었고 사람들은 더 많이 모였다.

도대체 어떻게 사는 게 잘 사는 것일까. 누구는 인간을 두고 지상에서 이보다 위대한 일은 없다고 했는데, 그 위대함에는 이성과 지성과 인애와 관용과 조화가 씨앗처럼 단단하게 스며있어야 하는 것인데.

길거리 연극

복개천 공터에 사람들이 웅성거리고 있다. 무슨 일인가 하고 가까이 다가가 살펴보니 머리가 허연 노인 한 분이 큰 대(大)자로 누워 있다. 둘러선 사람들이 안절부절 못하며 무언가 걱정하는 말을 내뱉지만, 노인은 좀처럼 움직일 기세가 아니다. 혹시 죽은 게 아닐까 하는 불안한 생각이 들어 사람들을 비집고 가까이 앉아 손목을 잡아 보았다. 맥은 뛰고 있었다. 눈꺼풀을 뒤집어 보니 눈동자도 이상이 없었다. 귀를 기울이니 나지막하지만 숨소리도 들렸다.

그제야 안심을 하면서 일으켜 세우려고 팔을 잡아당겼다. 노인은 도저히 움직일 수 없다는 듯 곧장 잡은 팔에 힘을 풀며 썩은 나뭇가지처럼 땅바닥으로 처졌다.

그때, "그만 둬. 그 새끼 쇼하는 거야" 하고 징을 치듯 호통하는 사람이 있었다. 깜짝 놀라 올려다보니 넘어져 있는 노인과 동년배쯤 되어 보이는 사람이 잔뜩 화난 표정으로 내려다보았다. 그는 산행하고 귀가하는 중이었는지 작은 배낭을 짊어지고 있었고 손에는 싸늘하게 느껴지는 금속성 지팡이를 짚고 있었다.

그는 널브러져 있는 사람은 아랑곳하지 않고 스스로의 분기를 참지 못해 여전히 소리를 질렀다. "이 새끼 술을 처먹었으면 집에 가서 잠이나 잘 것이지 왜 지나가는 사람에게 시비를 걸고 지랄이야. 저런 놈은 죽어도 싸"하고 금시 달려들어 지팡이로 내려칠 것 같았다.

몹시 불안했다. 나는 그 사람의 억센 기세에 눌려 더는 넘어진 사람을 부축할 수 없을 것 같아 슬그머니 일어섰다. 순간 비겁하다는 생각이 들었지만, 나만이 그런 게 아니라 현장에 있는 사람들 모두가 똑같은 생각인지 구경만 할 뿐 누구 한 사람 선뜻 용기를 내는 사람이 없었다. 다만, 신음처럼, "저 사람 저대로 두면 죽어", "119에 연락해야지", "경찰서에 연락하면 좋으련만" 하고 숨어서 말하는 소리가 들릴 뿐이었다.

사실 넘어진 사람이 무척 걱정되었다. 비록 숨은 쉬고 있다지만 제법 시간이 흘렀는데도 아무런 미동이 없으니 자칫 치료 시간을 놓칠 수 있다는 우려 때문이었다. 그때 누군가 큰 소리로 경찰서에 전화했으니 곧 도착할 것이라고 했다.

그제야 가해자는 씨근거리던 숨소리를 죽이며 "죽도록 내버려 둬" 하고는 천천히 현장에서 돌아섰다.

사람들은 또 한 번 웅성거리기 시작했다. "그냥 가면 어떡해", "누가 저 사람 좀 잡아" 하는 소리가 들렸지만, 여전히 숨어서 안타까워하는 힘없는 소리였다. 하지만 누구도 가해자의 옷자락을 잡아챌 사람은 없었다.

세상 안심이 이래서는 안 되는데, 서로 돕고 이해하고 부족한 사람에겐 마음 모아 채워주고 억울하고 짓밟힌 사람에겐 함께 힘을 모아 방패가 되는 것이 사람 사는 도리인데, 왜 이렇듯 서로가 등지고 살아야 하는지. 나 또한 살아있으면서도 사람 짓을 못한 채 비겁하게 살아야 하는 자괴감이 가슴을 적신다.

　그런데 이상한 일이 벌어졌다. 무슨 연극 같은 일이다. 이미 가해자는 경찰이 온다는 말에 저만큼 멀어지고, 모인 사람들은 여전히 피해자를 주시하며 안타깝게 걱정하고 있는데, 갑자기 누워있던 사람이 아무 일도 없었다는 듯 슬그머니 일어서며 어정어정 반대 방향으로 걸어가는 것이 아닌가. 모여 있던 사람들은 이게 무슨 변인가 하는 표정으로 "어- 어-"하며 말을 잇지 못하고 무엇에 홀린 듯 황당했다.

　참으로 혼란스럽다. 조금 전까지만 해도 폭력적이고, 몰염치하고, 함께 살 사람이 아닌 것처럼 보이던 그 우악스런 가해자는 어둠 속에 묻히는 그림자처럼 차츰 멀어지고 대신 비굴하고 요망하고 겉과 속이 다른 두 얼굴처럼 시세에 따라 끊임없이 둔갑할 것 같은 피해자의 얼굴이 채워지는 것이었다.

　이건 연극이었다. 극본이 없고, 연출자도 없고, 짜인 무대나 제반 기술진도 없는 길거리 연극이었다.

　출연자가 떠난 황망한 객석에는 잠시 딴 세상을 밟은 듯 관객들은 좀처럼 떠나질 못한다. 이윽고 처음부터 이들을 지켜본 부인 한 분이 작품 설명을 한다.

　그러니까 인사불성이던 그 사람이 조금은 취한 듯 비틀거리더니 마침 그 앞을 지나가는 우악스런 사람을 붙잡고 담배 하나를 달라고 떼를 썼다는 것이다. 상대는 몇 번이나 담배를 피우지 않는다며 짜증스럽게 뿌리치곤 했지만, 그는 그 말을 듣지 못했는지 아니면 듣고도 못 들은 척했던지 끈질기게 따라가며 계속 옷자락을 잡아당겼다고 했다. 결국, 상대는 화를 참지 못하고 순간적으로 돌아서며 힘껏 따귀를 때렸는데 그는 바람 빠진 풍선처럼 그대로 주저앉더니 그만 사지를 펴고 반듯이 눕더라는 것이다. 처음에는 맞은 사람이 맞을 짓을 했다는 생각으로 고약한 사람이라 생각했지만, 시간이 흐를수록 맞은 사람이 일어나지 못하는 걸 보면서 이제는 때린 사람이 밉게 보였다는 것이다. 그런데 지금은 뭐가 뭔지 모르겠다는 말로 끝을 맺었다.

　무엇이 진실일까. 마치 꿈속을 걷듯 몽롱하다. 뭔가 잃어버린 듯한 길거리 연극에 쓴웃음을 남기며 결국 관객은 쓸쓸히 돌아서고 나 또한 허허한 감정을 추스르지 못한 채 그들 속에 섞여 걷는다.

노동하는 천사

　강남으로 이사 온 지 벌써 1년이 넘었다. 만나는 사람들은 부자동네에 산다며 짐짓 부러워하는 눈치다. 하지만 그들이 생각하는 것처럼 넉넉하고 호화스러운 지역이 아니다. 말이 강남이지 실제로는 세상 앞에 목숨을 내던져 놓고 가슴을 조이며 억지로 살아가는 사람도 많다. 골목길에는 언제나 숨이 막힐 정도로 퀴퀴한 냄새가 넘쳐흐르고, 사람들은 별일이 아닌데도 서로 얼굴을 붉히며 전쟁을 하듯 멱살을 잡고서는 구경거리를 만든다.

　이곳에 살다 보니 가끔 세상이 공평치 못하다는 생각을 하게 된다. 말로는, 주권은 국민에 있고 권력 또한 국민에게서 나온다며 선거를 하고 법률을 정해놓고 있지만 실제로는 허망한 독백에 불과하다. 가진 사람이나 권력을 움켜쥔 사람들은 언제나 따뜻한 자리에서 신나게 웅변을 하고, 어둡고 습기 찬 곳으로 밀려난 사람들은 여전히 가슴을 조이며 쫓겨 살고 있음을 실감한다.

　오늘 아침에도 골목 으슥한 곳에서 반쯤 죽어가는 사람이 병원으로 실려 가는 것을 보았다. 그는 지하방 한 칸 없이 걸인처럼 골목 이곳저곳을 옮겨 다니며 살았다고 한다. 그렇다고 세상을 포기하듯 흔히 회자되는 노숙자로 막연하게 사는 사람은 아니었다. 춥거나 더운 날을 가리지 않고 이런저런 공사판을 전전하며 일을 했다고 한다. 그 일도 여유 있는 일이 아니라 흙을 파는 일이나 벽돌을 옮기는 힘이 필요한 일을 도맡았다고 한다. 그렇다고 품삯을 더 많이 받는 것도 아니고 그날 일하여 그날 먹고살 정도로 빡빡한 생활이었다고 했다. 그것도 날마다 있는 것이 아니고 인연을 찾아 이리저리 부탁하여 간신히 얻어지는 일이다 보니 쉴 수밖에 없는 날이 더 많았다고 했다. 더구나 겨울철이나 장마철에는 아예 손을 놓아야 한다는 것이다. 그럴 때는 어디 쉴만한 곳도 없었다고 했다. 자기 집은 아예 없었고 가족도 없고 돈도 없으니 딱히 내 집이라 할 만한 안정된 방 한 칸 마련하지 못했고, 할 수도 없었다는 것이다. 혼자 떠돌다 보니까 공사판 구석이나 지하철 으슥한 곳이 쉼터였고 때에 따라서는 공공건물 언저리나 소공원 벤치가 잠자리였다는 것이다.

　그렇게 인간 이하의 생활을 하면서도 불평하거나 남의 도움을 요청한 일은 없었다고 했다. 품삯을 받으면 적당하게 끼니를 때우고 그래도 여유가 있으면 소주라도 한 병 마시며 세상을 다 가진 것처럼 풍만감으로 얼굴을 활짝 폈지만, 그렇지 않은 날에는 주린 배를 움켜쥐고 죽은 듯이 웅크리고 누워 있었다는 것이다. 간혹 알 만한 사람이 음식을 가져다주어도 그 사람이 보는 앞에서는 절대로 먹지 않았다고 했다. 사람들은 그만의 자존심이라고 했다. 때문에 음식을 갖다 놓

앉았다는 인기척만 낼 뿐 일어나 먹으라는 등 권유하지는 않고 그냥 돌아설 수밖에 없었다는 것이다. 나중에 궁금하여 찾아가면 그릇은 말끔하게 비어 있었다는 것이다.

주위 사람들이 그렇게 하는 데는 이유가 있었다. 가장 손쉽게 구할 수 있는 인부이기도 하지만 집안에 자질구레한 일이 있거나 큼직한 물건을 옮길 때는 특별히 돈을 주지 않아도 그에게 부탁하면 해결할 수 있기 때문이다. 그래서 골목안 사람들은 가까이 하지도 않았지만 멀리 하지도 않았다는 것이다. 일정한 거리를 두고 적절하게 이용할 수 있는 도구쯤으로 생각한지도 모른다. 특히 그를 제일 많이 이용한 사람은 하수도 수리공이다. 보일러 수리와 가전제품 수거까지 겸하고 있었으니 하루종일 분주한 사람이었다. 그렇게 일을 시키면서도 걸인에게 푼돈 주듯 수고비를 던져 주었을 뿐 일이 없는 날 골목어귀에 쭈그리고 앉아 있어도 빵 하나 건네주는 일은 없었다고 한다.

그런 사정을 아는 사람은 그를 천사라고 했다. 그렇게 자기 몫을 챙기지 못하고 이용만 당하면서도 상대를 미워하거나 얼굴 한번 찌푸리지 않으니 그게 천사가 아니고 무엇이냐는 것이다.

그런데 그 천사가 참담하고 외롭게 병원으로 실려 가는 모습을 보면서 자유니 평등이니 인권이니 하는 낱말들은 공허한 메아리로 느껴질 뿐이다. 결국 인도의 카스트제도처럼 제도상으로는 계급 논리가 없는 것처럼 위장되어 있지만, 현실적으로는 어쩔 수 없는 완벽한 귀천에 묶여 있음을 노인의 희멀건 눈빛에서 읽게 된다. 이런 억울한 삶에 그래도 내일은 또 다시 해가 뜨려나.

갈등

　국회의원 선거가 며칠 남지 않았다. 거리는 확성기 소리로 종일 요란스럽고, 담벼락엔 믿음 없는 약속을 줄줄이 늘어놓은 벽보가 어수선하게 나붙었다. 환하게 웃는 얼굴로 저마다 자신이 적임자라고 현혹하지만 골목 안 사람들에겐 관심 밖이다. 건국 후 반세기가 훨씬 지났지만 이 땅에는 국민을 위한 민주주의는 없었다. 제도적으로는 민주주의 흉내 내었을지 모르지만 내용적으론 역겨운 짓만 계속 해온 게 우리의 정치현실이다.

　결국 제도는 권력을 탐하는 자들의 간교한 구실일 뿐 국민에겐 아무런 의미 없는 허울에 지나지 않았다. 오히려 국민 앞에 군림하는 당위성을 제도라는 이름으로 추인할 뿐이었다. 상식적으로 생각할 때 제도에 걸맞는 지도자는 자신을 세상 앞에 내던지는 봉사자이다. 자신을 가장 낮은 자리에 내려놓고 명경(明鏡)처럼 맑은 마음으로 오직 나라와 국민만을 생각하는 사람이다. 국민의 아픔이 무엇인지, 국민의 희망이 무엇인지, 어떻게 하면 그들을 행복하게 만들어 줄 것이며,

어떻게 하면 국가와 국민의 안위를 책임질 것이며 미래까지 보장하는 격조 있는 세상을 여는 데 몸을 던지는 사람이다.

우리네 정치 사정은 그렇지 않았다. 뒷간으로 갈 때는 바쁘지만 나올 때는 아무 것도 보려하지 않는다는 속담처럼 선택을 받고자 할 때는 허리를 굽히며 온갖 권모술수로 주권자의 눈을 현란하게 만들고, 뽑히는 그날부터는 당장 왕관을 쓰고 군림하려 든다.

그들에게 얼마나 많은 특권이 있는가. 그들은 양심을 깔고 앉아 스스로의 이권이라면 안하무인의 철면피가 된다. 국민의 의사와는 관계없이 그 많은 특권을 스스로 제도화하면서도 평등을 말하고 있다. 절대로 평등이 아니다. 그것은 국민을 농락하고 조롱하는 특권이다. 특권은 절대로 물러서지 않는 군림이며 평등을 용납하지 않는 법치 위에 존재하는 일방적인 힘이다. 그래서 우리의 법을 두고 특권자에겐 보호의 수단이요 지배를 받는 사람에겐 압제의 도구라는 말이 회자되는 것이다.

그런데 왜 골목 안이 술렁거릴까. 공원 맞은 편 가겟집 평상 위에서는 술판이 벌어지고 있었다. 술판이라지만 소주 몇 병과 마른안주를 올려놓고 응어리진 가슴을 풀어놓듯 이야기가 분분하다.

나는 몇 발짝 거리를 두고 그들의 얘기를 훔쳐듣는다. 그때 한 후보자의 이름이 새겨진 어깨띠를 두르고 명암을 돌리는 사람이 지나간다. 그는 서슴없이 평상 위 사람들과 악수를 나누고 돌아서니 화제는 자연히 선거 쪽으로 몰린다.

"개 같은 선거 뭣 땜에 혀. 그놈들 좋은 일시키는 거지 우리랑 무슨 상관이람."

하면서 진실로 불쾌하다는 듯 고개를 돌려 침을 뱉는다.

"그래도 해야지. 얼마나 천대를 받았는데 한 표라도 모아 줘야지."

지금까지 불이익을 받고 살았으니 비록 혐오스럽더라도 무언가 동질성이 있는 사람에게 투표를 해야 한다는 말이었다. 그 동질성이 무엇인지 모르겠다. 지역이 같다는 뜻인지, 학연이나 이념이 같다는 뜻인지 알 수 없지만 대화의 뉘앙스로 보아 권력에 저항하는 사람을 두고 하는 말인 것 같다. 그렇게 이야기를 이어가다 나중에는 경상도는 어떻고, 전라도는 어떻고, 충청도는 또 뭐냐는 식으로 확대되고 있었다. 선거는 선거일뿐인데, 나라를 경영하는 적합한 인물을 뽑는 절차일 뿐인데, 왜 지역 얘기가 튀어 나오느냐 말이다. 이 또한 정치 모리배들이 저지른 씻지 못할 죄악이다.

정치인 스스로가 저열하고 볼썽사나우니까 국민은 고개를 돌리게 되고, 외면을 당하게 되니까 제도적 보장을 받지 못하는 게 두렵게 되고 권좌는 위태해지는 것이다. 지혜롭거나 이성이 있는 정치인은 자기의 잘못을 성찰하고 채찍질할 것이다. 그러나 막 돼먹은 자는 지역 갈등을 조장하거나, 정의와 신의를 저버리거나, 수단과 방법을 가리지 않고 망국적 한을 만든 것이다.

오래 전 어느 유세장에서 황당한 연설을 들은 바 있다. 그것도 당시에는 주목받던 정치인의 입에서 흘러나온 말이다. 다른 말은 기억할 수 없지만 유독 가슴을 헤집는 언사 한마디는 지금도 지워지지 않는다. 당시 대권을 경쟁하는 두 후보의 출신지역을 두고 신라와 백제의

싸움이라는 선동이었다. 얼마나 어이없는 망언인가. 그 말이 득표에 얼마만큼 영향을 끼쳤는지 알 수 없지만 방정스럽고 지각없는 말이 얼마나 큰 역사의 오역을 조장했던가. 물론 그 말 한마디가 동서 갈등의 총체적 책임으로 전가할 수는 없지만 가장 자극적인 단초임은 틀림없다고 생각한다.

그 시절이 언제인가. 천 년도 넘는 세월을 거슬러, 겨우 부족국가형태를 벗어난 단조로운 시대상을 끌어당겨 역사의 시각이 아닌 오늘의 시각으로 흡입하여 선량한 국민의 정서를 짓이긴 행위가 두고두고 깊은 상처를 만들고 있느냐 말이다. 전라도엔 무슨 당, 경상도엔 무슨 당, 칼로 두부를 자르듯 철저히 분할하여 어느 쪽도 범접할 수 없는 장벽을 만들어 놓고 있지 않는가.

이게 무슨 정치고, 이게 무슨 정치인의 짓이냐. 정치는 국민을 안전하고 이롭게 하는 것이라고 했다. 다른 일은 제쳐두고 같은 땅 같은 문화, 같은 정체성과 정서 속에 살아가면서 두 쪽을 갈라놓고 무슨 정치라 하겠는가. 이 문제에 한해서는 어느 정치인도 자유로울 수 없는 시대의 죄인이다.

나는 모처럼 긴 생각을 하고 있는데 가게 앞 사람들은 여전히 격론을 벌이고 있었다. 제법 취기가 오른 듯하다.

그때 심하게 자기주장을 펼치던 사람이 더는 참을 수 없다는 듯 표독스런 말을 남기며 자리를 뜬다. 의견이 맞지 않았던 모양이다. 그렇다고 격앙해서는 안 될 일인데. 나머지 사람들은 어이가 없다는 표정으로 그의 뒷모습을 향해 손가락질을 하며 실소를 한다. 각자 출신지역이 다른 모양이다.

　도대체 저들이 왜 갈등을 해야 하는가. 골목에서는 둘도 없는 다정한 이웃이었을 텐데. 오늘따라 정치가 혐오스럽고 선거가 지겹게 느껴진다.

멋쟁이면 뭐해요

　지하철로 가는 큰길에서 붕어빵 장수 아주머니를 보았다. 어딘가 특별한 외출인가 보다. 자줏빛 스웨터가 화사해 보였다. 지나가는 사람들과 비교하면 그리 돋보이는 차림은 아니지만, 평소 기름때로 얼룩진 점퍼 차림에 비하면 무척 화려해 보인다는 것이다. 무슨 항아리처럼 헐렁한 바지도 진한 카키색으로 바꿔 입었으니 매무시는 딴 사람처럼 보이기도 했다.

　아주머니와 조금 거리를 둔 채 제법 풍채가 좋아 보이는 사람이 돌다리를 건너뛰듯 성큼성큼 앞에서 걸어간다. 검정양복에 하늘빛 넥타이 차림이 예사롭지 않다. 멋을 아는 사람 같았다.

　아주머니는 놓쳐서는 안 될 일이 있는지 종종걸음으로 부지런히 따라간다.

　나는 잠시 걸음을 멈추고 앞서 가는 그들의 뒷모습을 바라보며 이야기를 만든다.

　아무리 생각해도 어울리지 않는 부부였다. 그런데도 어떻게 인연이 엮어져 한 길로 가게 되었을까. 각자 다른 생각을 하고 행동하면서도 무언가 모르는 합일점이 있었던 것일까. 사람의 의지가 아닌 자연의 섭리를 이해한 것일까. 산야를 메운 각자 다른 종의 수목들이 아무런 거부감 없이 가슴을 비비며 생존하는 공생의 진리, 지상의 물기가 낮은 곳에 머물러 한 몸이 되는 바다의 진리, 눈에는 보이지 않아도 서로 다른 원소가 어울려 허공을 메우며 물질을 만들고 생명을 형성하는 진리, 그 원초의 진리가 인간의 영혼 속에 전류처럼 흘러 도저히 어울릴 것 같지 않으면서도 어울리는 원리일까.

그렇게 만난 지 여러 날이 흘렀다. 하루는 여행길에서 돌아오는데 골목길 어귀에는 여전히 붕어빵집이 자리를 펴고 있었고, 아주머니 또한 여느 때처럼 손을 바쁘게 놀리며 땀을 흘리고 있었다.

"이천 원어치만 주세요."

하고 불쑥 지폐를 내밀었다. 붕어빵이 먹고 싶어서가 아니었다. 그때 보았던 부부간의 뻘쭉한 외출이 떠올라 무언가 말을 건네고 싶어서였다.

"그날 앞서 가는 사람이 바깥양반인 모양이죠?"

하고 넌지시 물었다.

"예."

대답하기 귀찮다는 듯 짧게 말하며 얼굴을 찡그렸다.

"바깥양반 멋쟁이던데요."

"멋쟁이면 뭐해요. 지 혼자 지랄하고 다니는데요. 이렇게 코가 빠지도록 일해서 몇 푼 모아놓으면 몽땅 털어서 옷 사 입고, 치장하고, 놀러 다니고 지 혼자 좋은 일 다 하는데요. 차라리 죽었으면 좋겠어요."

더는 물어서는 안 될 것 같았다. 세세하게 묻지 않아도 다음 얘기는 짐작할 것 같았다. 그러나 진짜 본심이 무엇인지 궁금하여 다시 물었다.

"왜 그렇게 살았어요?"

했더니, 말이 떨어지기가 바쁘게 눈을 치뜨며 되받았다.

"그럼 어쩌겠어요. 귀가 따갑도록 다른 마음먹으면 안 된다고 배웠고요. 또 자식새끼는 어쩌고요. 사주팔자려니 하고 죽는시늉을 하는 거죠."

그 말에 속이 쓰리다. 남의 말 같지 않아서다. 문득 내 지난 세월이 땅거미처럼 밀려온다. 그리고 아주머니의 멋쩍어하는 웃음이 달빛처럼 환하다. 온갖 역경과 질곡의 세월을 비껴가지 않고 순리로 환치하는 지혜, 그는 붕어빵을 굽는 게 아니라 용서를 굽고, 평화를 굽고 있다는 생각이 들어서다.

이상한 현수막

모과나무가 있는 붉은 벽돌집 이 층 창틀에 현수막이 걸려있다. "사과하지 않으면 절대로 용서할 수 없다"라는 큼직한 글씨가 눈길을 끈다. 여러 날 동안 현수막은 철거되지 않았고 이를 지켜보는 사람들은 무슨 코미디 같다면서 서로들 쳐다보며 이상하게 생각하는 눈치였다.

내용을 살피면 무언가 억울하고 화나는 사연이 있는 것 같은데 왜 이렇듯 사람들을 웃게 하는 것일까. 원래 현수막이란 많은 사람을 상대로 무엇인가 알리고자 할 때 쓰는 홍보수단이다. 상품을 선전한다거나 사업장을 널리 선전하는 데 쓰이고 개인이나 집단이 요구하는 주의 주장을 광범위하게 호응을 받아야 할 때 필요하다.

길을 걷다 보면 수많은 현수막을 접하게 되는 것이 우리 사회의 풍속도다. 쳐다만 봐도 짜증스럽고 매스꺼운 정치 현수막이 있고, 억지로 백성의 마음을 훔치려 온갖 미사여구를 동원하는 관공서나 기관의 현수막이 있고, 기층시민이 죽든 말든 자기네 배 불리기에 혈안이 된 기업들의 부도덕하고 무치한 현수막이 있고, 죽기 아니면 살기 식으로 허공을 향해 소리치는 이익집단의 행렬에도 현수막이 중심을 이룬다. 어디 그뿐이랴. 소도시를 지나다 보면 대학이나 직장에 합격하였다는 현수막이 걸려있고, 관직에 승차 되거나 공공문제와는 아무런 상관없는 사설 단체 회장이 되어도 현수막이 내붙는다. 대부분 지역에는 넘치는 현수막을 감당하지 못해 아예 고정된 장소까지 지정하고 있으니 가히 현수막 천국이라 해도 과하지 않을 것이다.

이러한 현수막은 대부분 무엇을 해달라든가 아니면 하지 말라는 내용이다. 그리고 필요하거나 당연한 것을 내놓으라는 요구사항이기도 하고 나와 집단의 이익을 보장하라는 항변이 절대적이다.

그런데 이층집 현수막은 뭔가 이상하다. 주장은 분명 사과하라는 것인데 누구에게 사과를 받겠다는 것인지 상대가 분명치 않다. 어느 집단을 향한 것인지 혹은 개인을 두고 주장하는 것인지 알 수가 없다. 집단을 상대로 한 것이라면 수단이나 방법이 너무 미약하고 장난스러운 것 같고, 개인을 두고 주장한 것이라면 더더욱 소극적이고 밋밋한 항쟁이다. 도대체 대상이 분명치 않은 요구에 어느 누가 대응할 것이며, 설령 상대가 있다 해도 양심의 가책은 있을지 모르지만, 현수막이 지닌 대중의 호응을 받겠다는 애초의 효과는 기대할 수 없을 것 같다. 그런 탓으로 현수막이 걸린 지 이미 여러 날이 지났지만, 이를 지켜보는 골목 안 사람들은 당사자의 억울함을 이해하려는 동정심은커녕 그냥 실없는 장난으로 여기며 웃기만 하는 것이다.

나중에 밝혀진 사건의 실상은 더 기가 막힌다. 이웃 간에 이해하고 타협하면 충분히 넘어설 수 있는 작은 갈등인데 이를 풀지 못하고 최악을 선택한 듯하다. 가만히 생각하니 세상인심이 슬프다는 정도가 아니라 우리의 심성과 인격이 어느 곳으로 가는지 두렵기만 하다.

사건의 발단은 다소 엉뚱했다. 현수막을 내건 이층집과 또 다른 단층집은 조그만 막다른 골목을 사이에 두고 서로 마주 보고 있었는데 하루는 단층집 주인이 골목길에 승용차를 주차하였다고 했다. 그런데 이튿날 아침에 살펴보니 차에 몇 군데 흠집이 나 있었다는 것이다. 원인은 이층집 모과나무에서 떨어진 낙과 탓이었다. 차주는 바로 이층집 주인을 찾아 자초지종을 설명하고 합당한 수리비를 요구였다는 것이다. 하지만 여인은 미안해하는 태도는커녕 앙칼진 어조로 사람이 시킨 일도 아니고 자연 현상인데 무슨 놈의 변상이냐고 쏘아붙였다는 것이다. 여인은 남편을 여의고 홀로 산 지가 오래되었는데 평소에도 사소한 일로 이웃과 다투는 별난 사람이었다고 했다.

두 사람은 한참 동안 입씨름을 하며 언성을 높였지만, 합의점을 찾지 못했고 나중에는 단층집 주인이 격한 감정을 주체하지 못해 심한 욕설을 퍼붓고 물러났다는 것이다. 싸움이 일단락되는가 싶었는데 그 탓에 갈등은 더 크게 번지고 말았다는 것이다.

급기야 이층집 여인은 사건의 실마리가 된 모든 정황은 접어두고 모욕을 당한 사실을 참지 못해 골목이 떠나가도록 악을 쓰며 흥분하다가 끝내 멀리 있는 딸과 사위를 불러들여 힘을 보태게 되었다는 것이다.

드디어 새로 등장한 인물들과 싸움은 연장되었고, 이 또한 종지부를 찍기에는 당사자들의 분노가 식지 않았다. 오히려 돌아올 수 없는 강을 건넌 꼴이 되었다. 그래서 생각한 게 현수막을 내거는데 이르렀고, 이를 통해 주위 사람들에게 상대의 그릇된 행동과 인격을 폭로하려 한 모양이다.

그러나 그걸 바라보는 사람들은 되레 웃음을 짓게 했고, 더 가관인 것은 무슨 예술작품처럼 현수막에 진한 색상으로 그림까지 그려 넣었다는 사실이다.

"세상인심이 이래서야"하고 혀를 차며 오가는 사람들의 심기가 편치 않는 듯하다.

홍 시

    골목길을 벗어나는 모퉁이에 감나무 한 그루가 서 있다. 붉은 벽돌 담에 비스듬히 기대어 선 채 반쯤 골목 쪽으로 가지를 꺾은 모습은 언제나 풋풋한 정감을 느끼게 했다. 봄이면 이웃집 소녀의 볼처럼 가슴 뭉클하도록 진한 생명을 느끼게 하는 연둣빛 작은 이파리가 피어나고, 잠시 한눈팔다 돌아보면 노란 감꽃이 피어 저만큼 잃어버린 어린 시절이 곱게 여울지곤 했다.

    그리고 볕살 두터운 여름이 오면 이파리는 어느 포구에서 갓 잡아 올린 검푸른 고등어 등짝 같은 짙은 그늘을 이루고, 그 아래 거적을 깔고 길게 누운 채 눈을 감으면 하루에도 몇 번씩 내가 모르는 먼 세상을 끊임없이 오가는 꿈을 꾸곤 했다.

    오늘도 큰길로 나갈 수 있는 쉬운 길을 마다하고 일부러 감나무가 있는 모퉁이 길로 돌아간다. 음습하고 깡마른 골목길에 그래도 고향을 느끼며 자연을 마주할 수 있는 안위감 때문이라 할까.

    상강(霜降)이 지났지만 감은 아직도 퍼렇다. 다만 이파리만이 힘겨운 계절을 벗어나려는 듯 물기를 털어내는 낌새를 보이고 있다. 그런데 언뜻 올려다본 높은 가지에 마치 나만이 존재한다는 듯 붉게 익은 홍시 하나가 눈에 뜨인다. 어린 시절 텃밭 외진 자리에 홀로 버틴 늙은 감나무에서 본 그런 홍시다. 진홍빛 윤기가 흐르는 색감 자체도 아름답지만, 그보다 잘 정제된 설탕처럼 달콤한 미감이 일품이었다. 때문에 노계 선생은 지인의 집을 방문했을 때 접대로 내놓은 홍시를 바라보며 집에 계신 어머니를 생각하고 반중조홍(盤中早紅)감이 품음직 하다고 했던가.

나는 그때 여린 가지를 밟으며 위태하게 올라가서 그것을 따려고 발버둥질했다. 아버지는 그런 모습을 보고 "그게 그렇게 먹고 싶었더냐?"하시면서 측은하다는 표정을 지으셨다. 나는 얼떨결에 "빛깔이 너무 곱게 보여서"라고 말꼬리를 흐리며 마음에 없는 대답을 하고 말았다. 먹고 싶다는 속내를 들킨 것 같아 뭔가 자존심이 상해서다.

아버지는 다시 말을 이었다. "그건 잘 익어서 고운 게 아니라 어딘가 잘못된 불량품인 거야. 어쩌다 병이 들었거나 벌레가 먹은 거야. 진짜로 좋은 감은 그만큼 시간이 지나고 나서 단단하게 함께 익는 법이야. 사람 사는 것도 마찬가지지. 앞만 보고 혼자 날뛴다고 성공한 사람이라 볼 수 없거든!"어린 나이라 그땐 그 말이 무슨 뜻인지 이해할 수 없었다. 살아가면서 어느 정도 철이 들고 나서야 비로소 어렴풋이 알 것 같았다.

진정성 없는 욕심만으로 앞자리에 앉는다는 건 옳지 않다는 뜻, 비록 겉모습은 번지레하게 보일지 모르지만 속으로는 병이 들어 필요

없는 존재가 될 수 있다는 사실, 진정 사람다운 사람은 보통 사람들 속에 어울려 행동하고 스스로 가진 장점을 다져 빛을 밝히고 그 빛을 나누면서 함께 아름다워지는 것이 세상 사는 진실이라는 것을 깨닫게 하는 뜻이었다.

나는 한참 동안 홍시에서 눈을 떼지 못했다. 어머니를 생각하는 역사 속 시인의 깊은 사려(思慮)를 생각하며 차츰 잊히는 우리의 정체성을 되짚게 했고, 은연중에 사람 사는 근본을 일러주신 아버지의 모습이 거울 속을 들여다보듯 처연히 연상되어서다.

마음속의 낙뢰

겨울 낮은 무척 짧다. 여름 같으면 아직 중천에 있어야 할 해가 겨우 6시를 넘었는데 어둠은 벌써 모든 걸 삼켜버렸다. 골목길은 더욱 어둡다.

동짓달 매운바람 탓인지 사람들은 보이지 않고 듬성듬성 서 있는 가로등마저 오늘따라 무척 흐리게 보인다. 마치 전쟁으로 폐허가 된 낯선 거리를 걷는 기분이다. 삶이 보이지 않는 버려진 땅, 그 속에 그래도 생명을 포기할 수 없어 다닥다닥 붙어있는 회색 시멘트벽, 그 속에 갇힌 채 겨울잠을 자는 짐승처럼 숨만 할딱이는 풍경을 연상하게 한다.

메콩 강에 발을 적시고 살아가는 인도차이나반도 여러 나라처럼 차라리 문명을 등지고 살아가는 처지라면 가슴에 진한 멍은 키우지 않을 것이다. 마주해야 할 사람들이 나와 별반 차이가 없으니 옷을 벗고 살아도 부끄러울 게 없고, 먹을 것이 없어 숲 속을 헤매어도 눈치 볼 일이 없다. 잠잘 곳이 없어도 그러려니 생각하고, 직장이 없어도,

교육을 받지 못해도, 병원에 갈 수 없어도 운명이려니 하며 스스로 눈물 속에 감추며 살아가는 것이다.

분노란 대립과 대차에서 분출하는 욕망의 찌꺼기다. 남의 기쁨에서 자신의 슬픔을 발견하게 되고, 남의 여유와 영화에서 스스로의 추락과 불행을 발견하고 개탄하는 게 인생사다. 그런 비교와 자각은 결국 자신을 학대하거나 타인에게 분노를 일으키게 하고, 그 분노는 본성을 잃게 되는 법이다.

그러므로 건강한 사회를 구성하는 요건은 평등을 말한다. 같은 처지에 살아가는 사람들은 비교할 일이 없고 경쟁할 게 없으니까 부족하게 살아도 절박하게 생각하지 않게 된다. 때문에 분노도 모르고 산다.

그런데 내가 사는 골목 안은 메콩 강 언저리와는 다르다. 도심 속의 감옥이라 할까. 한 블록만 넘어서면 전연 딴 세상이 버티고 있으니 언제나 비교하면서 살아야 하기 때문이다. 눈이 있고 코가 있고 얼굴 형태가 뚜렷하니 사람이야 다르겠느냐마는 보이는 내용이 다르고, 먹고 살아가는 방식이 다르다. 사람들은 입을 모아 그들을 부자라 하고 고급스럽다고 한다. 어쩌다 그 길을 걷게 되면 마치 죄 지은 사람처럼 어깨를 늘어뜨리고 눈을 내리깔게 되는 게 골목 안 사람들이다.

그러니까 골목 안 사람들의 눈에는 골목 밖 사람들이 같은 사람으로 보이지 않는다. 바깥세상과 차단된 까마득히 높은 감옥의 담장처럼 도저히 넘볼 수 없을 만큼 높아 보이고, 다시 자신을 되돌아보노라면 그 옛날 옆집 사람이 빨갱이로 몰려 빠져 죽은 시골 마을 우물보다 더 깊어 보일 뿐이다. 그런 엄청난 괴리 속에 날마다 가슴을 뜯으며 분노를 키우고 있지만 누굴 향해 눈 한번 흘길 수 없는 게 또한 골목 안 사람들이다. 남몰래 돌아앉아 눈물을 펑펑 쏟기도 하고 하늘을 향해 목구멍이 터지도록 울분을 터뜨릴 수밖에 없다.

때로는 바람에 쓸려온 낙엽처럼 생각지도 않은 눈먼 돈 한 닢이 생기면 거나하게 소주 몇 잔 들이키고 집으로 간다. 그럴 때는 여지없이 한바탕 싸움이 벌어진다. 집세가 걱정인데 술 마실 여유가 어디 있느냐며 아내의 잔소리가 멈추지 않는다. 그렇게 시작된 말싸움은 제풀에 지칠 때까지 이어지고, 그러다 자제할 수 없을 만큼 도가 지나치면 끝내 돌이킬 수 없는 막다른 골목을 걷는다.

얼마 전에 그런 일이 있었다. 세탁소 반지하에 세 들어 사는 부인이 한밤에 집을 나가버렸다고 했다. 남편은 꽃시장에서 잡일을 하고, 아내는 우유를 배달하며 근근이 살아가는 처지였다는 것이다. 전해들은 이야기라 진실은 알 수 없지만, 밤늦게까지 심하게 다투는 소리가 들렸는데 나중 알고 보니 남편이 심한 손찌검을 하는 바람에 부인이 그렇게 돌아오지 않을 길을 가고 말았다는 것이다.

오늘도 나는 잠을 설치며 무료한 시간을 뒤척이다 차라리 산책이나 하겠다는 심정으로 뒷길을 잡아 걷고 있는데 학교 옆 3층 집에서 싸우는 소리가 들렸다. 3층이라고 하지만 2층 옥상에 조립식 자재로 적당히 맞춘 임시 건물이다. 이렇게 늦은 시간이면 대부분 곤한 잠에 떨어질 텐데 유독 불이 켜져 있는 집이 있었다. 이상하다는 생각을 하며 지나치려는데 언성을 높여 다투는 소리가 들렸다.

뭣 때문에 분탕이 일어났는지는 모르지만 사내는 말끝마다 XX년,

XX년 하며 욕설을 퍼부었다. 여자도 무언가 대꾸하는 것 같은데 귓속말처럼 나긋나긋하여 알아들을 수가 없었다. 그냥 사내의 일방적 폭언이요, 광란인 것 같았다.

나는 엉뚱하게도 재미있다는 생각이 들어 그 자리에 멈춰 선 채 그들의 다음 진행을 기다리며 귀를 기울였다. 여전히 사내의 육두문자가 창밖으로 퍼진다. 그때 내가 서 있는 쪽 창문이 드르륵 열리더니 여인이 고개를 내민다. 남의 이목을 의식한 탓인지 잠시 살피더니 나와 눈이 마주치면서 황급히 고개를 돌리고 이내 문을 닫았다. 그리고는 여인의 도란거리는 소리가 들리더니 그토록 당당했던 사내의 폭언이 뚝 그쳤다. 창 밖에 사람이 지켜 듣고 있다는 말에, 사내는 마지막 자존심과 체면을 살리려고 마음을 가다듬은 것인지 모른다.

나는 남의 말을 엿듣다 들킨 게 민망스러워 황급히 돌아섰다. 물론 여인이 내 얼굴을 기억할 수는 없겠지만 올곧지 못한 행위가 한참동안 얼굴을 뜨겁게 했다. 그리고 그 다툼이 그들만의 갈등으로 생각되지 않았다. 어쩜 골목 안의 풍경과 골목 밖의 풍경이 마음속의 낙뢰처럼 심하게 부딪쳐 파열된 현상은 아니었는지.

남의 얘기 훔쳐 듣기

골목길 끝자락에 이르면 소박한 찻집이 있다. 그곳에는 확실한 주인이나 종업원이 없는 것 같다. 그렇게 믿을 수밖에 없는 것이, 갈 때마다 손님을 맞이하는 사람이 항상 다르기 때문이다. 칠순이 넘어 보이는 여염집 부인 같은 사람들이 매일 번갈아 가며 시중을 드는 것이었다. 시중을 든다고 해서 찻잔을 날라 준다거나 비위를 맞추는 일은 절대 없다. 언제나 흐트러짐 없이 품위를 지키며 자기 일만 할 뿐이다.

손님이 차를 주문하려고 계산대 앞에 다가서도 "어서 오세요" 라는 말은 한 번도 들은 바 없다. 찻값을 계산하고 돌아설 때도 마찬가지다. 다만 느린 동작으로 눈꼬리를 들어 올리며 보일 듯 말 듯 잠깐 미소를 짓는 게 전부이다. 어떻게 생각하면 친절하지 않은 고약한 찻집으로 오해할 수 있다. 시설이 좋거나 종업원의 서비스가 좋은 것도 아닌데 뭣 땜에 이 집을 찾는가 하고 발길을 돌릴 법도 하다.

그러나 손님은 끊이지 않는다. 항상 북적거리는 건 아니지만 적막하지 않을 만큼 찾아들어 분위기를 이끌었다.

알고 보니 어느 노인 단체에서 운영하는 찻집이었다. 그래서 서비스 하는 사람은 단체 구성원들이 하루씩 번갈아가며 봉사하고 그 수익금으로 사회 봉사활동을 하거나 후생사업에 이바지한다고 했다. 그럼 그렇지, 이윤을 추구하려 연 가게라면 그렇게 당당할 수가 없다. 노인이지만 차려입은 품위나 조용하면서도 무게가 느껴지는 태도는 친교적 한담마저 허용하지 않을 정도니까.

나는 가끔 이곳을 찾는다. 결코, 찻값이 저렴해서가 아니다. 이곳에 오면 사람 사는 이야기를 엿들을 수 있기 때문이다. 그렇다고 특별하게 아는 사람을 만나 이런저런 얘기를 나누어서가 아니다. 누군지도 모르는 사람, 돌아서면 금시 잊어버릴 사람들의 이야기를 듣는 것이다. 일부러 훔쳐 들으려고 귀를 기울일 필요도 없다. 숲 속 새들이 노래할 때 그곳을 지나던 사람이 무심결에 들을 수 있는 것처럼 가만히 앉아 있으면 자연히 듣게 된다. 다른 사람의 눈치를 볼 필요도 없고 민망해할 필요도 없다. 눈길만 마주치지 않고 시선을 창 밖으로 고정한 채 무언가 사색에 잠긴 듯 앉아 있으면 된다.

오늘은 이순을 조금 넘어 보이는 세 사람이 옆자리에 앉았다. 나는 지난번처럼 왼손으로 턱을 괴고 눈을 지그시 감은 채 그들의 무대가 열리기를 기다렸다. 아니나 다를까, 처음은 시시콜콜한 대화를 나누더니 그 중 한 사람이 주위를 한 번 둘러보면서 특별하게 주목하는 사람이 없음을 확인하고 입을 열었다.

엊그제 종제(從弟)와 크게 싸웠다는 말로 이야기를 풀어갔다. 동행한 두 사람은 사촌 동생과 싸웠다는 말이 흥미로웠던지 팔꿈치를 탁자에 괴며 고개를 앞으로 내밀고 다음 말을 기다렸다.

"김 교장이 하도 권하기에 묻지 마 관광이란 델 따라간 거야. 김 교장은 더러 따라갔던 모양이야. 모인 사람 중에 아는 사람도 있더구먼. 처음 사당에서 남자들만 차에 태우고 떠났는데 양재에서 잠깐 세우더니 이번에는 여자들만 우르르 타는 게 아닌가. 안내하는 여자가 미리 짜두었던지 각각 짝을 지워 앉히더라고. 그런데 말이야. 요즘 여자들 보통 아니야. 처음 만났는데도 부끄러워하는 기색 없이 말을 걸어오며 남편처럼 대하더라고."

이야기하는 사람이나 듣는 사람 모두가 신이 난 듯 입가에 미소를 머금으며 좋아했다. 보아하니 평소 엄격하게 살아온 사람이 정년퇴직을 하고 무료하게 하루하루를 보내다 어떻게 말만 듣고 봄놀이를 떠난 게 마치 별세상을 경험했다는 듯 흥분을 감추지 못하는 눈치였다. 그의 이야기는 계속되었다.

"그런데 말이야, 막상 현장에 도착하니 내 종수(從嫂)씨가 그 자리에 있잖아. 깜짝 놀랐지. 부끄럽고 민망스러워 눈앞이 깜깜하더라고. 가는 도중 고속도로 휴게소에 들러 잠시 쉬기도 했는데 못 봤다니까. 알았더라면 무슨 수를 써서라도 도망쳤지. 명색이 교장까지 지냈는데, 평소 온갖 점잔 다 빼놓고 하루아침에 속물이 된 거지."

그는 아직도 당혹스럽다는 듯 잠시 입맛을 다시더니 차 한 모금을 마신다. 옆에 앉은 사람이 답답하다는 듯 한마디 거든다.

"어쩌겠어. 깨진 독인데. 요즘 세상에 뭐 감출 일 있어. 그냥 잘 놀다 가자고 얘기하면 되지." 하고 말했다. 그는 그 말에 힘을 얻은 듯 주저하지 않았다.

"얘기했지. 그냥 모른 체하고 놀다 갑시다. 하고 말일세. 그래도 뭔가 찜찜해서 아무한테도 얘기하지 말자고 다짐했지." 하고 응답하는 것이었다.

"그런데 왜 종제와 싸운 거야?" 하고 또 한사람이 물었다.

"종수씨가 그렇게 약속했는데 친한 친구에게 그 얘기를 한 모양이야. 물론 미덥다고 여담 삼아 했겠지. 그런데 무슨 사단인지 그 친구와 심하게 다투었다나. 그 여자는 안 해도 될 말을 들은 대로 소문을 퍼뜨린 모양이야. 종제가 어디서 그 얘길 듣고 시퍼렇게 독이 올라 난리를 피운 거야. 형님이 어떻게 그럴 수가 있느냐고 말일세. 절대로 그런 일이 없다고 했지만 믿으려 하지 않아. 지금도 이혼한다고 난리야. 벌집을 쑤신 듯 온 집안이 살얼음판이야. 사실 아무 일도 없었거든. 다른 사람들은 여관으로 가는 것 같기도 했지만 어떻게 그럴 수 있겠어. 모르지, 종수씨를 만나지 않았다면 나도 그렇게 어울릴 수 있었을지." 하고 장황하게 늘어놓았다.

더 듣지 않아도 사연은 알 것 같았다. 더는 창밖을 내다보며 시간을 보낼 필요가 없었다. 그만하면 한 편의 영화를 상상할 수 있었다. 찻집은 역시 얘기가 많은 곳이라는 생각을 하며 슬그머니 일어나 관객석을 빠져 나왔다 .

한 밤의 소동

　어쩌다 할 일이 많아 밤늦게 귀가하는데 골목길 신축공사장 으슥한 곳에 한 여인이 쭈그리고 앉아있음을 발견한다. 그는 두 무릎 사이로 깊이 머리를 박고 있었다. 그리고 가늘게 어깨를 떨고 있는 것으로 보아 소리 없이 울고 있는 모양이다. 갑자기 불안한 생각이 들어 가까이 다가가 무슨 사연이냐고 물어보고 싶었지만 상대가 상대인지라 차마 그럴 용기가 나지 않았다.

　미심쩍은 상황을 뒤로 하고 가던 길을 재촉하는데 갑자기 유리그릇이 깨어지듯 앙칼진 비명소리가 뒤에서 들렸다. 반사적으로 뒤돌아보니 바로 여인이 앉아있던 그 자리에서 또 다른 여인이 기겁을 하며 달려 나왔다. 왜 그러느냐고 물었더니 숨이 턱까지 처서인지 말문을 열지 못하고 그 자리에 주저앉았다.

　잠시 숨을 돌린 후 가슴을 쥐어짜듯 떨리는 소리로 "사람이 죽어가요"하며 손짓을 한다. 분명 내가 보았을 때는 그냥 웅크리고 있었을 뿐인데 죽어 간다니 무슨 소린지 모르겠다. 그 사이 지나가던 사람들도 발길을 멈추고 한 무리가 되었다.

　더는 무관심할 수 없다는 생각을 하는데 이미 옆에 있던 사람들이 그 쪽으로 향하고 있었다. 이게 무슨 일이람, 그 곳에는 아무도 없었다. 모두 무엇에 홀린 듯 잠시 서로를 바라보다가 누군가 한 사람이 무슨 일이냐고 다그치는 바람에 처음 목격한 여인이 "여기 피를 흘리고 있었는데" 하며 당혹스럽게 말꼬리를 흐렸다. 그러면서도 자신이 보았던 정황을 확인이라도 하려는 듯 이리 저리 살폈다.

　그때였다. 방금 흘린 듯한 핏자국이 보였고, 좀 더 안쪽으로 들어간 구석에서 가느다란 신음소리가 들렸다. 누가 먼저라 할 것 없이 달려 가니 여인은 실신한 듯 엎어진 채로 경련을 일으키고 있었다. 급한 김에 몇 사람이 달려들어 일으켜 세우려는데 온 전신이 피투성이였다.

　결국 병원으로 옮겨가면서 소동은 일단락되었다. 그러나 소란은 좀처럼 잦아들지 않았다. 아래 위층에 살면서도 인사마저 나누지 않던 사람들이 무슨 신나는 구경거리라도 생긴 듯 우르르 모여들어 뒷담화를 하느라 북새통을 이루었다.

　그날 밤 나는 오래도록 잠을 이루지 못했다. 도대체 그 사람은 무슨 사연으로 피투성이가 되었을까. 늦은 밤 홀로 길을 가다가 누군가로부터 불시에 당한 피습일까. 간편한 평상복 차림으로 미루어 보거나 또한 아무런 두려움 없이 몰래 외진 곳에 앉아 혼자 아파하는 모습을 보았을 때 피습은 아닌 것 같다. 그렇다면 자해일까. 왜 자해를 했을까. 부부 싸움이나 가족 간에 피치 못할 불화가 있었던 걸까. 그것도 아니라면 혼자 극복할 수 없는 무서운 사연이 있었던 것일까. 예정되지 않는 시간, 우연한 현장에서 무언지도 모르는 사건을 목격하면서 엉뚱한 추리로 긴 소설을 쓰며 시간을 찢고 있었다.

　이튿날 다시 그 자리로 나가 보았다. 소문은 빨라 이미 많은 사람이 모여 있었다. 누구에겐가 물어 볼 필요도 없이 어깨너머로 듣게 된 얘기만으로도 사건의 내용을 짐작할 수 있었다.

　여인은 바로 신축공사장 옆 다세대 주택에 산다고 했다. 칠순이 넘은 나이지만 품위 있고 예의가 바른 사람으로 알려져 있고, 남편 또한 오랜 공직 생활을 은퇴하고 나서 이런 저런 취미생활을 하면서 소박하게 살아가는 금슬 좋은 부부였다고 입을 모았다. 그런데 월포 전부터 무슨 사연인지 창밖으로 고함소리가 자꾸 흘러나왔고 날이 갈수록 다른 사람이 눈치 챌 만큼 불화가 잦았다는 것이다.

　이유는 이러했다. 부인은 우연한 기회에 성형수술을 하는 사람을 만나 평소 불만스럽게 생각했던 얼굴과 목덜미의 주름살을 펴는 시술을 했다는 것이다. 그런데 불행하게도 기대처럼 효과는 없었고, 결국 두 번 세 번 계속 그 짓을 하는 바람에 나중에는 돌이킬 수 없는 흉측한 얼굴로 변형되어 바깥출입마저 어렵게 된 것이다. 매일 불안한 마음으로 거울을 보면서 심한 고민을 하다가 더 이상 원상될 기미가 없음을 알아차리고 시술자를 찾아 책임을 물으려 했다. 하지만 그는 이미 자취를 감추었고, 그제야 의사 자격도 없는 사이비였음을 알게 되었다는 것이다. 그렇게 속을 수밖에 없었던 것은 이유가 있었다. 어느 날 한 동안 소식이 없었던 친한 친구가 젊은 사람처럼 딴 얼굴이 되어 나타나서는 자기처럼 예쁜 얼굴이 될 수 있다면서 시술을 권한

게 화근이었다. 그는 장황하리만큼 그간의 사정을 설명하면서 자신을 시술한 의사는 비록 돈이 없어 따로 병원을 차리지는 못했지만 기술만은 최고라고 추켜세운 것이다. 그리고 시술비 또한 다른 곳에 비하면 반값도 안 되니 이런 횡재가 어디 있느냐면서 들이대니 속지 않을 사람이 어디 있겠느냐는 것이었다.

급기야 남편은 무서워 같이 살 수 없다며 이혼을 종용하였다나. 이를 딱하게 여긴 가까운 사람이 "칠순을 넘어 언제 죽을지 모르면서 무슨 놈의 이혼이냐"고 몇 번이나 만류했지만 남편의 작심은 요지부동이었다고 했다. 거부감이 얼마나 강했던지, 얼굴을 마주할 때마다 금시 달려들어 사정없이 물어뜯을 것 같은 착각이 들고, 밤에는 꿈속까지 나타나 치를 떨게 만든다고 소회를 하더라는 것이었다.

아마 그 탓에 부인은 자살을 결심하고 팔목에 상처를 내었던 모양이다. 다행히 목숨은 구했지만 앞일이 걱정이었다.

그리고 돌을 다듬듯 사람의 몸을 뜯어 고칠 수 있다고 생각하는 세태가 두렵다. 인간의 모습은 인간의 의지가 아니라 신성의 몫이요, 인간이 뛰어넘을 수 없는 세상 밖의 절대 섭리인데.

재미있다는 말

　골목길엔 수시로 잡다한 사건이 벌어진다. 먹고 살기도 **빡빡한** 세상에 무슨 여유로 그렇게 아옹다옹하는지 이해가 되지 않는다.

　원래 가난한 사람들은 잃을 게 없고 욕심 부리지 않아 별로 다툴 일이 없다고 생각했는데 사실 그렇다. 여행을 하다 보면 잘 사는 나라의 사람들은 어딘지 모르게 표정이 굳어있고 경계하는 느낌을 주는데 반대로, 가난한 나라에서는 사람들의 차림이 비록 남루해 보이지만 만면에 미소를 띠우며 친절하기 이를 데 없고 심지어는 여행객들에게 손을 흔들며 환영하는 태도를 보이기 일쑤다.

　전 시대 우리도 그러하지 않았던가. 우방군들이 탄 트럭을 향해 손을 흔들며 한껏 웃는 표정으로 맞이하면 그들은 껌이나 과자봉지를 던져주곤 했다. 지금 생각하면 찢어질 듯 가슴이 아프지만, 그 가난이 서로를 하나로 엮어주는 정서적 기반이 되었는지 모른다. 그러므로 어렵고 힘들던 시절에 시골에서는 내 것 네 것이 없었다. 갑자기 부족한 것이 있으면 이웃집을 찾아 주인이 있건 없건 상관치 않고 스스럼

없이 필요한 물품을 가져다 써도 아무런 문제가 없었다. 그만큼 서로를 신뢰하고 이해하는 심성이 있었기 때문이다.

그런데 골목 안 사람들은 가난하지만 그렇지 않은 것 같다. 세태 탓인지, 사소한 일에도 핏대를 세우며 경계하는 눈치다.

골목길을 벗어나 큰길에 이르면 갈등은 더욱 심각하다. 그곳은 가진 자와 권력자의 아성이다. 그들은 웅장하고 화려한 성을 쌓고 더 많은 것을 가지려고 서로를 경계하면서 갈등과 음모와 피를 튀기는 투쟁을 한다. 그들의 눈에는 사람이 보이지 않는다. 오직 재물이나 권력이 보일 뿐이다. 결코, 골목 안 사람들은 이들을 흉내 낼 수 없다. 그래서 넓은 마음을 갖게 했는지 모른다. 서로가 마음을 기대고 어깨를 나란히 하여 애틋하고 뜨거운 정기를 나눔으로써 그나마 삶을 기뻐하였는데 어쩌다 큰 길쪽 풍경을 닮아가는지.

골목에는 오늘도 소란스럽다. 담배 가게를 찾아가는데 어느 이층집 창문을 향해 한 여인이 입에 거품을 물며 악을 쓰고 있었다. 돈을 내놓으라는 말을 연발하는 것이었다. 상대는 뉘 집 개가 짖느냐는 식으로 문을 걸어 잠그고 얼굴을 내밀지 않는다. 여인은 더 강한 음성으로 폭언을 계속하다가 시간이 흐름에 따라 조금은 지친 듯 잠시 숨을 고르는 듯했다.

이번에는 몰려든 사람들을 상대로 자신이 이렇게 할 수밖에 없는 사정을 이해시키려는 듯 호소조로 말을 한다.

"저년은 도박꾼입니다. 어제 아침에 차나 한잔하자면서 사람을 불러놓고 재미로 고스톱이나 한 판 치자더니 온갖 속임수로 모인 사람들 돈 다 긁어갔어요. 지갑 다 털리고 이제 그만 치겠다고 했더니 옆 사람에게 꾸어 주라면서 부추기더니 결국 내 돈 6십만 원이나 훔쳐갔어요. 이 년 문 잠그고 있으면 내가 그냥 돌아갈 줄 아는데 어림없다. 내 돈 안 내놓으면 너 죽고 나 죽는다."

장황하게 늘어놓으며 연신 이층집 창문을 향해 손가락질을 했다. 여인의 분노나 기질로 보아 싸움은 좀처럼 끝나지 않을 것 같았다.

이렇듯 소란스런 가운데 갑자기 얼굴이 붉으락푸르락 흥분을 감추지 못한 남자가 나타나더니 다짜고짜로 여인을 밀치며 폭언을 퍼붓는다. 누군가 이층집 남편이라고 했다. 지금까지 문을 잠그고 있던 부인이 남편에게 응원을 요청한 모양이다. 그제야 이층집 문이 열리고 나도 할 말이 있다는 듯 부인이 나타났다. 이제는 그들 부부가 봇물이 터지듯 반격을 가하자 지금까지 일방적이었던 여인은 여지없이 제압되었다.

그게 끝이 아니었다. 이번에는 싸움을 걸었던 여인의 남편이 도착했다. 그는 자동차 문을 열자마자 미친 듯이 달려 나와 이층집 남자의 멱살을 잡아 흔들며 입에 담지 못할 욕설을 퍼부었다. 다른 쪽에서는 두 여인이 엉겨 붙어 난장판을 이루었다.

말리는 사람은 아무도 없었다. 그냥 싸울 것들이 싸우고 있다는 뜻인지 아니면 시장판에서 각설이를 바라보듯 재미있게 구경이나 하려는 심사인지 멀거니 바라만 보기만 하는 것이었다.

드디어 경찰이 나타났다. 가게 앞에 사람들이 웅성거리고 있으니 장사에 지장이 있다고 생각한 빵집 주인이 신고한 모양이다.

그래도 싸움은 멈출 기세가 아니었다. 경찰은 이성을 찾을 것을 설득하다가 더 이상 참을 수 없다는 듯 허리춤에 숨겨둔 싸늘한 수갑을 만지작거리며,

"당신들은 도박범이 될 수도 있어요. 빨리 차에 타세요. 불응하면 체포할 거요."

하고 단호하게 몰아붙이니 그제야 수그러지는 듯했다.

저만큼 경찰차가 물러가고 구경꾼 가운데 누군가가 재미있다고 했다. 그 재미있다는 말이 왜 그토록 아프게 들리는지 모르겠다.

골목 안 풍경

집으로 돌아오는 길에 구멍가게 자판기에서 커피 한 잔을 뽑아서는 색 바랜 플라스틱 의자에 앉는다. 벌써 가을이 서성거린다. 하늘은 까마득히 높아 보이고 가로수 잎은 어딘지 모르게 파리한 느낌이다. 서서히 물기를 털고 있나 보다. 지치도록 여름을 끌어안고 있던 삶의 무게를 내려놓고 긴 여행을 떠나려는 전날 밤의 설렘을 엿보는 듯하다.

오늘따라 골목길엔 사람이 뜸하다. 며칠 전부터 상가협회에서 가을 나들이를 간다고 수선을 피우더니 오늘이 그날인가 보다. 그러고 보니 상당한 점포가 문을 닫았다. 괜히 더 쓸쓸해 보인다.

골목 안의 생명감은 사람이다. 비록 화려함은 없어도 끊임없이 이어지는 발걸음 소리에서 살아있음을 기쁘게 생각할 수 있고 그들의 몸짓과 표정에서 생동을 느낀다. 그들의 웃음에서 환희가 무엇인지 알 수 있고, 그들의 울음에서 진정한 슬픔이 무엇이고 아픔이 어떤 것인지 알 수 있다.

골목길을 벗어나 큰길에서 마주하게 되는 생명감과는 전연 다르다. 그곳의 생명감은 사람이 아니다. 하늘을 찌를 듯 까마득히 솟아있는 빌딩 숲의 압도감, 그 건물을 둘러싸고 화려하게 명멸하는 불빛, 불빛 속에 짜인 교묘한 장식과 물품, 그 속에 파묻혀 환락에 젖어있는 조각된 웃음이 그들의 생명감이다. 다시 말하면 가진 자나 권력자, 흔히 말하는 잘난 사람들이 누리는 조제되고 짜여진 생동감이다. 그러니까 번화가의 생동감이 인위적이고 환락적이라면 골목 안의 생동감은 자연적이고 삶의 본능이다.

어느 이름 모를 골짜기를 벗어난 물기가 땅바닥만을 더듬고 기어 가장 낮은 자리에 이르고, 그 낮은 자리에서 끊임없이 생명을 창출하는 것처럼 골목 안은 언제나 밑바닥이다. 바다에 높낮이가 없고, 좋고 나쁨이 구별되지 않는 것처럼 골목 안은 차별이 없다. 도토리가 키재기를 하듯 고만고만한 사람들이 모여 오직 소박한 희망으로 생존 자체에 골몰하는 뜨거운 생명감을 느낄 수 있어 자연적이고 본능적이라는 것이다.

번화가의 생동감은 그렇지 않다. 조제되고 짜 맞춘 환경처럼 그들의 심성이나 정서도 짜인 것인지 모른다. 인간이 견지해야 할 가장 보편적인 관계에는 얼음장처럼 싸늘하고 이익과 경쟁 앞에는 눈물이 날 정도로 비굴하다. 높은 곳을 오르려면 남의 어깨를 밟고서라도 뛰어 넘는 욕망이 팽배하다. 그리고 돌다리를 두드려가며 강을 건너듯 조심스러운 인간관계가 아니라 욕구를 충족하려고 남의 피를 보거나 스스로 피를 흘려서라도 성취코자 하는 살벌한 생동감이다.

골목 안 사람들은 먼지를 뒤집어쓰고 산다. 삶의 고뇌를 거부하지 않고 숙명처럼 엄숙하게 뒤집어쓰는 자기 인생의 먼지다. 그렇게 모두 먼지를 끼었고 살다 보니 부끄러울 게 없다. 진정 부끄러운 건 가슴에 묻어 두고 산다. 사랑해야 할 사람들에게 좀 더 평화스러운 거처를 마련해 주지 못한 부끄러움이다. 지하방, 옥탑 방에 살면서도 언제나 주인의 눈치를 보면서 불안하게 살아야 하는 가족에 대한 부끄러움, 필요한 용돈을 주지 못해 눈물을 훔치며 돌아서는 아이들의 뒷모습을 보아야 하는 부끄러움, 몸이 아파도 부담 없이 병원에 데려가지 못하는 부끄러움, 직업이 마땅찮아 여러 날 빈둥빈둥 세월만 보내야 하는 부끄러움, 때로는 먹을 것이 없어 끼니를 걸러야 하는 부끄러움이다. 좀 더 확대하면 같은 처지에 있는 사람들에게 무언가 베풀지 못하는 부끄러움이 있고, 세상과 내일 앞에 나는 이렇게 살았노라며 작은 발자국이라도 남길 수 없는 부끄러움이다. 그래서 헤진 옷을 입어도, 소주 한잔을 마시지 못해 입맛을 다시며 지나쳐야 해도, 여러 날 머리를 감지 못해 메스꺼운 냄새를 풍겨도 그들에겐 부끄러운 게 아니다.

나는 멈추지 않는 상념을 풀어놓으며 오래도록 자리를 떠나지 못하였다.

지나치던 사람들이 다가와 내 옆자리를 차지한다. 웃음기를 머금은 그들의 눈동자가 무척 선해 보인다. 정확하진 않지만 부근 어딘가 공사장에서 일하다 잠시 쉬러 나온 것 같다. 그 중 한 사람이 성큼성큼 가게 안으로 들어가더니 소주 한 병에 안주와 종이컵을 양손에 나누어 들고 나온다. 그리고는 조금 억세 보이는 사람이 허연 이빨을 드러내며 병마개를 딴다. 이어서 종이컵 하나를 내밀며 "한잔하시렵니까?" 하고 나에게 권한다. 술을 못한다고 정중히 거절하니 이번에는 안주로 들고 온 오징어포를 내밀며 "이거라도 씹으십시오." 했다. 반사적으로 감사하다는 뜻을 전하고 한 가닥 잡아 입에 문다. 순간 나도 충실한 골목 안 사람이 된 기분으로 고개를 돌려 웃는다.

4
편지

허풍선생 1

왠지 이름보다 허풍이란 별칭이 더 정감이 가서 이렇게 부르게 되었소. 사십 년이 훨씬 지난 그때 누구에겐가 모든 걸 빼앗기고 있다는 생각으로 허구한 날 뒷골목 선술집에 앉아 세상을 난도질하던 기억을 떠올리면 으레 허풍이란 별칭이 더 질감 있게 느껴지니 말이오. 지금 생각하면 참으로 유치하고 철없던 시절이었소. 그래도 인생에서 가장 기억에 남는 기간이었다고 생각하는 것은 그만큼 세상 물정을 모르고 살았다는 뜻인지, 아니면, 어느 사이 세월에 밀려 마지막 끈을 잡고 둘러 온 길을 후회하는 것인지.

당시 우리는 많은 생각을 하며 울분을 터뜨리지 않았소. 호롱불이 가물거리는 초당에서 「허버트」와 「밀」이 되어 밤이 깊도록 자유를 얘기했고, 때로는 「토머스 크롬웰」이 되어 어떤 우위자도 인정하지 않는 민족주의자가 되기도 했소. 또 어떤 때는 「로버트 케트」나 「존 로크」의 기회주의적 혁명을 성토하며 우리와는 아무런 관계가 없고 가치도 없는 일에 가슴을 적시곤 했던 기억이 얼마나 유치하고 허황

했던지 지금 생각하면 부끄럽기 그지없소. 그러나 달리 생각하면 그럴 수밖에 없었던 그때의 환경은 무슨 전생의 자업처럼 우리의 생각과 행동은 한 발짝도 움직일 수 없게 꽁꽁 묶고 있었으니 말이요. 같은 또래 잘난 놈들은 바람처럼 구름처럼 훨훨 날아다녔고, 그 모습을 바라보는 우리의 가슴은 꿈같은 선망으로 조약돌처럼 잘게 깎이었고, 깎이는 아픔은 끝내 분노가 되어 닥치는 대로 세상을 물어 뜯는 고약한 이빨을 키웠는지 모르오.

　그런데 선생은 다른 사람들과는 다른 점이 많았소. 대부분 악을 쓰며 막연한 분노를 터뜨릴 때 어김없이 그 일은 내가 책임지겠다며 넌지시 짐을 떠맡겠다고 농담으로 분위기를 휘어잡지 않았소. 우리로서는 아무리 궁구하고 격론을 펴도 도저히 해결될 일이 아니었으니 말이오. 마치 꿈과 현실 사이를 둥둥 떠다니며 아무도 보이지 않는 뒷골목에서 헛손질하듯 말이요. 그때 우리의 화두는 철벽처럼 닫힌 권력의 힘, 스스로 신이 되어 어떤 저항도 용납되지 않는 시퍼런 음모를 깨부수는 공상이 대부분이었으니까요. 하지만 순간순간 몰아치는 선생의 그 허황한 「돈키호테」적 발상은 좀처럼 중단될 것 같지 않던 우리들의 넋두리를 누그러뜨리는 중화제 역할을 하였던 것이오. 그래서 허풍이란 낭만적인 별칭도 그때 얻게 되었고 또한, 그런 일이 잦다 보니 실없는 사람으로 무시당하는 경우도 없지 않았소. 한 때는 비밀스러운 얘기나 물어 나르는 오해를 받기도 했고, 술김에 내뱉은 암살이란 말 때문에 반국가 음모 혐의로 여러 날 고초를 겪지 않았소. 그렇지만 나는 그런 선생이 오히려 이성적이고 효과적인 변통자라 생각되어 다른 친구가 고개를 돌려도 항상 함께 하였소.

지금 생각하면, 우리에게 무슨 움직일 수 없는 이념이나 사상이 있었던 것은 아니라 생각되오. 가슴에 담긴 젊음의 꿈이 출구를 찾지 못하고, 그 막힌 울분을 어딘가에 풀어놓아야 했는데 아무리 둘러봐도 보이는 게 없었으니 미친 짐승처럼 막연한 대상을 향해 눈물을 흘리며 가슴을 뜯었다는 게 옳은 표현일 것 같소. 그러니까 겉으로는 큰 생각을 하는 건강한 청년을 흉내 내었지만 속으로는 우리 스스로 막힘없이 뛰어야 할 길이 없다는 데 대한 지극히 이기적인 자욕을 감추고 있었던 것 같소. 만약 검은 손이라도 넌지시 뻗었다면 잠시 주위의 눈치를 살폈을지 모르지만 결국은 손을 잡았을 것이라는 절박한 땅에 서 있었으니 말이요.

나는 지금 그때 내 젊음을 무척 후회하고 있소. 예를 들어 우리를 억압하는 지배층의 발목을 꺾었다고 가정할 때 우리 앞자리에서 기름진 언어로 깃발을 흔들었던 몇몇 사람에게 대신 권좌만 옮겨주었을 뿐 역사발전에는 별반 기여하지 못했을 것이라는 사실을 나중에야 알았기 때문이오. 만약 다른 우리들처럼 노동현장에서 문명을 향해 땀을 흘렸다면 분명 인생은 달랐으리라는 생각이 들어서 말이오.

우리 아프지 맙시다. 허리 때문에 걸음 걷는 게 불편하다는 말을 들었는데 좀 어떻소. 병이라는 건 약물로 치료하는 것도 중요하지만 반드시 극복하겠다는 마음 다스림도 중요하다 들었소. 한 때 고개를 돌렸던 우리들의 암울했던 세계가 얼마나 아름답게 웃고 있소. 이 좋은 세상 좀 더 바라보다 죽어야 할 게 아니요.

언제 꽃이 피는 날 한번 걸음 하구려. 벽장 속에 감춰 둔 매실주가 선생을 기다리며 잘 익어 있을 거요. 그렇지 않소. 이제 우리 할 일이 뭐가 있겠소. 떠밀리는 구름처럼 흘러가다가 어느 캄캄한 밤 꽃잎처럼 툭 떨어지면 그만일 텐데, 얼굴이나 한 번 더 봅시다. 건승을 비오.

허풍선생 2

창밖으로 보이는 관악산 자락이 연둣빛으로 곱게 물든 걸 보니 도저히 그냥 앉아 있을 수 없어 무작정 발길을 옮긴 게 수유리 숲길이었소.

새소리 바람 소리에 취하면서 맑은 햇살을 가슴에 품느라 시간 가는 줄 모르다가 문득 4·19 묘역에 들렀소. 여러 해 전에 한번 들르고 나서 오늘이 두 번째 길인 것 같소. 차가운 돌비가 가지런히 서 있는 사이사이를 기웃거리노라니 더러는 알만한 이름들이 눈에 들어 잠시 고개를 떨구며 명복을 빌기도 했소.

젊은 날 선생과 함께 부지런히 어울렸던 B형의 묘소 앞에 이르러서는 불현듯 지난 일들이 떠올라 나도 모르게 온몸이 굳어짐을 느꼈소.

눈물이 평평 쏟아질 것 같은 역사의 중심을 상기하면서도 도저히 따뜻하게 품을 수 없는 것은 B형이 그토록 꿈을 꾸며 달려 온 신천지의 집념은 과연 얼마만큼 제 궤도를 밟고 있는가 하는 의문과 회의가 들었기 때문이오.

　우리 얼마나 진지하게 B형을 따라다녔소. 그가 불길로 뛰어들면 함께 뛰어들 흉내를 내었고, 그가 고뇌하며 슬퍼할 때는 한 몸처럼 가슴을 뜯지 않았소. 그가 구치소에 갇혀있을 때는 우리도 끼니를 걸며 밤을 새우지 않았소. 그렇게 몸부림하며 바라보았던 세상은 모든 사람이 희망하는 자유와 권리와 행복권을 신장시키고 사유하며 행동하는 권리를 억압자로부터 돌려받자는 게 아니었소. B형은 항상 그 웅변의 앞자리에 서 있었고, 우리는 그를 둘러싸고 시간을 앞당기려 하지 않았소.

　그런데 B형은 떠나고, 뒷자리는 생각만 바뀌었을 뿐 여전히 막연한 모습으로 버려져 있는 것 같아 누구에게라도 소회를 풀지 않고는 견딜 수 없어 이렇게 편지를 쓰오.

　얼마나 억울한 일이오. 하늘처럼 떠받들었던 그들, 그들의 생각에서, 그들의 행동에서, 우리의 꿈이 성취되리라 믿었는데 결국 돌아온 백서는 아무것도 아닌 공허뿐이었소. 민주주의를 생명처럼 신봉했던 그들 알량한 지도자들은 수많은 젊은이가 뿌린 피의 대가로 권좌를 차지하였는데 어느 순간 눈이 멀었는지 제도적으로나 도덕적으로 아무런 근거도 없는 자식들을 방관하여 왕조시대 세자처럼 무분별하게 권력을 휘두르며 재화를 긁어모으는 무치를 저지르지 않았소. 물론 의도적인 방법은 아니었다 해도 수신제가치국이란 경전처럼 정의롭지 못한 불찰은 분명 그들의 반민주적 죄업이라 생각하오. 다시 말하면, 정의를 외치면서 가장 가까운 곳에 눈을 감고 있는 사람이나 스스로 독재자가 되어 눈을 부라리는 사람이나 뭐가 다르겠소. 결국, 세상에 민주주의는 없다는 좌절감에 오래도록 가슴을 쥐어뜯지 않았소.

지배를 꿈꾸는 자들은 언제나 비단결처럼 달콤했는가 보오. 찰스 왕조를 무너뜨린 「올리버 크롬웰」의 일당처럼 「인민이 주권을 형성하고 그것이 민주주의의 본질적 의미」라고 소시민을 광적으로 선동하고는 그들 민중의 황홀한 최면을 등에 업고 끝내는 왕의 목을 자르고 당당하게 호국경의 자리를 차지한 역사의 단면을 비웃으며 읽지 않았소.

그러니까 왕권과 의회가 숨바꼭질하듯 민중의 뜻과는 상관없이 권력을 쥐락펴락하였을 뿐 누려야 할 당사자들은 언제나 꼭두각시가 되어 이리저리 끌려 다니며 밟히고 찢기며 무참히 죽어간 사실을 말이요. 이것이 바로 민주주의 교범이라 일컫는 영국의 역사가 아니겠소.

어디 영국의 이야기뿐이겠소. 태양왕으로 행세하며 「지상 권위의 신탁자로 모든 권리와 이익은 짐의 손안에 있다」라고 흥분한 「루이」 왕계(王系)의 학정을 벗어나고자 피를 흘리지 않았소. 그들 죽은 자의 성분은 가장 밑바닥에서 신음한 기층 민중이었으며, 더는 물러날 수 없어 목숨을 담보하고 광야와 거리로 뛰어나온 최후의 저항이었으며, 그 저항은 기적처럼 검은 그림자를 걷어내고 비로소 그들이 염원했던 족쇄를 풀어낸 것이라 믿었던 것이라 생각하오.

드디어 농노제도와 봉건법정이 폐지되고, 특권층의 조세감면제도나 모든 특권을 타파하여 인간의 자유와 평등과 행복권을 보장하려는 소위 인권선언을 이끌어내지 않았소. 얼마나 감격스럽고 경이로운 충족이었겠소.

그러나 「미라보」가 나타나고 「나폴레옹」이 전면에 등장하면서 잠시 만끽했던 희망의 광장은 전에처럼 어둠의 거리로 되돌려 졌고, 결국 왕권의 독재는 다른 부류로 옮겨주었을 뿐 민중의 가슴에는 여전히 피멍으로 얼룩진 게 프랑스의 중세 역사가 아니겠소.

권력이란 언제나 마약 같은 것이어서 취하면 더 취하게 되고, 한 번 맛본 자는 광야의 포식자처럼 항상 눈을 부라리며 기회를 노리는 속성이 있는가 보오. 그래서 피를 뿌리며 일어선 민중의 항쟁을 가로채 서슴없이 권좌를 차지하며 지난날과 똑같은 악행을 저지르는 게 역사의 증언이라 생각하오.

달리 말하면 권력만을 꿈꾸는 자의 머리에는 항상 음모로 가득 차 있고 정의와 진리를 두려워하지 않는가 보오. 국민에게서 위탁받은 사실 자체마저 까맣게 잊고 정점보다 더 높은 곳을 그리며 그곳을 향해 질주하는 인자를 감추고 있는가 보오.

허망하게 늘어선 비석 사이에서 L형의 흔적 앞에 이르러서는 문득 대낮인데도 검은 짓눌림을 느끼지 않을 수 없었소. 말없이 누워있는 의인의 깊은 연민이 오래도록 나를 잡는 바람에 잠시 눈시울이 뜨거워지기도 했소. 목숨을 던지며 꿈을 펴던 이 땅에 크게 한 번 웃어보지 못하고 처연하게 침묵하고 있는 이들의 묵언이 먼 북소리처럼 가슴을 울리기 때문이었소.

언젠가는 선생도 이곳에 잠들 게 아니요. 지금 생각 같아선 오지 말라는 권고를 하고 싶소. 창창한 젊음을 헌상한 우리의 광야에는 여전히 민주는 저만큼 멀리 있다는 생각과 혁명은 있어도 진실은 없는 동토의 한기가 들어서 말이요.

　오늘은 이만 쓰겠소. 자지러지는 봄빛처럼 따사한 눈으로 보기에는 너무 먼 곳 같아 차라리 세상을 보지 말고 멀리 푸르게 트인 하늘이나 보았으면 하오.

허풍선생 3

정암사로 가는 풀밭에서 이화에게 편지를 쓰고 태백 숙소로 돌아와 이렇게 안부를 묻게 되었소. 사실 가을이 물러가는 그 자리에서 선생을 생각하고 볼펜을 놓지 않으려 했으나 오래 앉은 탓인지 오금이 저리고 한기마저 들어 뭇 사람들이 쉬어간 숙소 낡은 창가에 앉아 꿈속을 더듬듯 선생을 향하고 있소.

이화는 선생도 알지 않소. 언젠가 누구에게라도 풀어놓지 않으면 가슴이 굳어질 것 같아 얼굴을 붉히며 털어놓은 달빛 같은 그 사람이오. 요즘 왠지 자꾸만 그 사람이 그리워지는구려. 나이 탓인지 모르겠소. 서산마루에 걸린 해가 마지막 핏빛 여광을 남기는 것처럼 일말의 미련 같은 것인지 모르겠소.

왜 이렇듯 간사한지 모르겠소. 말로는 모든 걸 다 버려야 할 때라고 했으면서 아직 속으론 무슨 앙금 같은 허욕이 남아있었는가 보오.

사실 시답잖게 짊어진 이런저런 허명을 구멍 난 양말 쪽을 버리듯 이미 던진 지 오래 되었고, 비록 밑바닥 생활을 했으면서 그래도 남은 게 있는가 싶어 호주머니를 툴툴 털고 지금은 홀가분하게 산다고 생각하고 있소. 그리고 이젠 인연(因緣)마저 거추장스럽다는 생각이 들어 수첩에 빽빽하게 적어 둔 연락처마저 하나 둘 지우다 보니 이젠 남은 사람이 별로 없게 되었소. 사람과 사람의 관계는 보인(輔仁)을 통해 더 높고 그윽한 세계로 향하자는 것일진대 그러기에는 너무 늦은 것 같아서였소. 하지만 쓰다듬다 손바닥이 닳아 굳은살이 된 것처럼 가슴 어딘가에 그 사람이 남아있었나 보오. 그런데 말이요. 떨치려고 애를 쓰면 쓸수록 텅 빈 하늘처럼 허허로우니 말이요. 어쩜 고칠 수 없는 병인지도 모르겠소.

그 병 때문에 갑자기 바다가 보고 싶다는 생각이 들었소. 애초에는 선생의 초막에 들려 흐드러지게 피어있는 하얀 억새꽃이 하늘을 향해 손짓하는 연화봉 산마루를 걸어볼까 생각했소. 그리고 선생이 자랑한 것처럼 굵은 산더덕을 골라 수년 묵힌 향주(香酒)가 있다 했으니 마주 보고 앉아 취하며 선생이 즐겨 불렀던 "아- 목동들의 피리소리"도 한 번 부르고, 그렇게 곯아떨어져 며칠 쉬다 오려 했는데 그게 여의치 않을 것 같아 이렇게 편지를 띄우고 그냥 지나치려 하오.

듣자하니 태백에서 동해 쪽으로 넘어가는 교통편이 있다고 하니 내일은 그쪽으로 갈 작정이오. 바다가 보이는 연안 길을 걷다 보면 쉬어갈 곳이 있으리라 생각되오. 울진 어디쯤 조그만 어촌 마을을 찾아 며칠 쉬면서 바다가 몰아쉬는 숨소리나 들으려 하오.

그곳에는 많은 얘기가 있을 것 같소. 아득하게 펼쳐진 수평선, 오직 검푸른 몸을 뒤틀며 밤낮으로 풀어놓은 물결의 속 이야기를 듣다 보면 나도 모르게 조름처럼 풀어져 바다가 될 것 같은 생각이 들 것 같소. 가장 낮은 곳에 자리 잡고 있으면서도 한없이 높아 보이고, 빈 것 같으면서 우주의 생명선으로 느끼게 하는 신비감, 어디론가 떠나려 종일 뭍으로 기어오르려 하지만 끝내 제자리로 물러앉은 침묵과 겸허, 또한 제자리에 있는 것 같으면서도 보이지 않게 끝없이 변화하고 순환하는 역동성, 분명 내가 생각하지 못한 먼 세계의 말씀을 들려줄 것 같소.

편지를 쓰다 보니 지루하게 내 얘기만 늘어놓은 것 같구려. 그래, 그동안 어떻게 지나셨소. 얼마 전 가슴이 조여드는 것 같다면서 걱정하더니 지금은 좀 어떻소. 젊을 때 허풍을 많이 떨더니 죄가 커서 그런 건 아니요. 하기야 남에게 피해를 주는 허풍은 아니었으니 죗값은 아닐 테고 혼자 살다 보니 끼니를 거르거나 쓸데없는 고민을 하다가 그러신 건 아닌지. 죽고 사는 것 너무 어렵게 생각하지 마시게. 우리 나이쯤 되면 이곳저곳 허물어지게 되어 있으니 되레 아무 탈 없다는 게 비정상일지 모르오. 어딘가 조금씩 괴롭기 마련이고, 그래야만 병원도 자주 드나들 수 있으니 몰랐던 상처도 찾게 되는 게 아니겠소. 그 탓에 시골 사람 도시 구경도 할 수 있고.

서울에 한 번 들리시오. 구름 속에서 헤매다 어느 외로운 풀밭에 떨어져 세상길을 잃고 있는 고약한 처지끼리 며칠 쉬면서 가슴 속 감춰 둔 사진첩이나 꺼내봅시다. 기다리겠소.

이화에게 1

어느 사이 라일락 가지가 전과 다른 낌새를 느끼게 하고 있소. 가까이 다가서며 유심히 바라보니 보일 듯 말 듯 조심스럽게 새 눈을 뜨고 있음을 알게 되었소. 갑자기 나는 신비스럽다는 생각보다 긴 겨울 뭔가 속고 살았다는 생각에 허허 웃고 말았소.

삭막한 도시의 뒷골목, 손바닥만 한 땅이라도 소중하게 활용하려는 각박한 세태에 그 집주인은 무슨 마음의 여유가 있었던지 뜰 한 자락을 라일락 나무에 내어주고 있었소. 그 게 그 집 사람들은 물론 오가는 사람들에게까지 무언지도 모르는 푸근한 향수 같은 정감을 느끼게 하였소.

지난겨울 나는 무심한 듯하면서도 라일락 나무에 은근히 관심을 두고 있었소. 고향 집 마당 한복판에 돌부처처럼 우뚝 서 있었던 나무, 그 나무가 보랏빛 꽃을 가득 피우면 놀랍도록 야릇한 향기가 진동하여 사람의 마음을 교란시키던 붉은 정감 탓도 있지만, 그보다는 생명이 있으면서도 언제나 침묵하고 있는 은밀한 비밀이 흥미로웠기 때문이오.

지금도 거리를 나서면 으스스 떨리지만, 지난해는 다른 해보다 유난히 춥고 지루한 겨울이었소. 그 매서운 바람에 바들바들 떨고 있는 여린 가지를 볼 때마다 도저히 살아있는 생명으로 보이지 않았소. 세상에 몸을 맡긴 체 죽은 듯 움츠려 있으면서도 누구 하나 눈치 채지 못하게 꼭꼭 숨겨둔 비밀이 있었던가 보오. 그 비밀이 파란 생명으로 지금 가슴을 열고 있소. 마치 낡은 수첩에 사진 한 장 감춰놓고 가슴이 먹먹할 때나 눈시울이 뜨거워질 때 슬며시 꺼내보며 혼자 마음을 달래던 그런 생명감 같은 것이오.

그래서인지 그대의 고향집 언덕이 떠오르는구려. 밀양강과 합류하면서 더 크게 가슴을 편 낙동강, 멀리서 그 강을 내려다보며 언덕바지에 구름처럼 꽃을 피운 매화나무 숲. 햇살이 강물을 더듬어 꽃무리에 옮긴 탓인지 더욱 하얗게 나부끼는 떨림을 보면서 그대가 꽃을 닮았다는 생각에 속으로 흐뭇하게 웃었던 기억이 새삼스럽구려. 라일락이 살며시 눈짓을 하는 걸 보니 그곳 남녘땅은 꿈 속 정원처럼 황홀할 것 같은 상상을 하게 되는구려. 눈 딱 감고 미친 듯 달려가고 싶은데 세상 약속이 무섭게 발목을 잡는구려.

생각하면, 나름대로 너절한 인생사 훌훌 털고 이제 풀잎처럼 욕심 없이 살아간다고 생각했는데 아직 놓지 못하는 것 하나 있으니, 라일락이 푸른 씨앗을 감추고 긴 겨울을 아파하듯 나도 화인처럼 뜯어낼 수 없는 고운 마음 하나 숨기고 있다는 걸 새삼 확인하고 있소. 그래서 라일락이 속이고 있다는 생각으로 어쩜 내 마음 같아서 웃고 만 것이요.

　언젠가 강변길을 걸어가며 우리 말하지 않았소. 이승에선 인연이 닿지 않아 먼발치서 그리움만 쌓고 있지만, 만약 다음 세상이 있다면 주저하지 말고 가장 천박한 바보처럼 남의 눈치 볼 것 없이 우리만의 정원을 꾸미자는 약속 말이요. 어쩜 농담처럼 실없이 흘린 얘기라 잊어버렸을지 모르지만 나는 똑똑히 기억하고 있소. 그런 기억 때문에 그 흔한 나뭇가지의 변화에도 그냥 지나치지 못해 이렇듯 가슴을 풀어헤치고 있는 거요.

　머잖아 날이 풀릴 것 같소. 비라도 촉촉이 내리면 잎이 돋고 꽃이 필 테죠. 그때 질펀한 꽃내음을 맡으며 푸른 하늘을 머리에 이고 우리 꿈을 얘기하던 그곳으로 찾아갈 작정이요. 그때 봅시다. 비록 눈으로 볼 수는 없을지라도 세상에서 가장 따뜻하고 흥미로운 일들이 벌어지는 정황을 담아 올 작정이요. 그리고는 내 빈방에 가득 채울 것이요. 아무것도 모르는 사람이 되어 오늘의 꿈을 의심하지 않는 나만의 성을 쌓을 것이요. 내로라하는 사람들이 말한 것처럼 설령 인생의 꿈이라 해도 나는 우리들의 꿈을 깨뜨리지 않을 것이요. 깨면서 잦아들고, 잦아지며 깨어나는 믿음을 엮어 먼 하늘로 옮겨놓을 것이요.

　항상 건강하시구려. 그리고 울지 마시구려. 우리 꿈꾸는 세상에서 기뻐 울 눈물은 남겨 두어야 하지 않겠소.

　오는 봄 모든 기쁨은 그대가 가지시구려. 다음 또 소식 전하겠소.

이화에게 2

 지난밤 뜻하지 않게 수필가 Y씨가 타계했다는 전화를 받게 되었소. 단 한 번을 만났어도 오래 기억되는 사람이 있는 것처럼 자주 어울린 사이는 아니었지만 몇 차례 만나면서 속내까지 읽을 수 있는 사람이라 무척 마음이 무거웠소. 아직은 좀 더 살면서 그만의 할 일이 있을 것으로 생각하는데 홀연히 떠나게 되었으니 마지막 길에 잠시 들려 명복이라도 빌어야 하겠다는 심정으로 무거운 발길을 옮기고 있었소. 그런데 골목길을 벗어나 큰길로 이를 즈음 무심코 올려다본 관악산이 심상치 않음을 느끼게 되었소.
 엊그제만 해도 삭막한 기운이 사람의 마음을 움츠러들게 하였는데 오늘은 놀랍게도 연둣빛 바람이 어른거리는 것 같아 생명이 깨어남을 느끼게 했소. 언젠가 시드니 외곽지역을 유람할 때 싱싱한 유칼리 잎사귀에서 풀어지는 푸른 기운이 허공 가득히 번지고 있는 그런 빛깔이었소.
 새삼스럽게 세상은 참 묘하다는 생각이 들었소. 그토록 살고 싶어

했던 Y씨는 처연히 삶의 끈을 놓았고, 좀처럼 가슴을 펼 것 같지 않던 관악산 언저리는 몰래 숨을 가다듬어 세상과 마주하려 눈을 뜨고 있으니 말이요. 누가 인간을 만물의 영장이라 했던가요. 적어도 인간이 인간을 알고, 신의 세계를 알고, 진리를 말할 수 있다면 최소한 자기 생각과 손을 잡을 수 있는 자유는 있어야할 게 아니겠소. 생각은 하늘을 날고 있으나 교묘한 자들이 만들어 놓은 갖가지 덫이 끊임없이 날개를 옭아매고 있으니 과연 위대한 존재라 할 수 있으리오.

문득 세상엔 진리가 없다는 생각이 드는구려. 살면서 여지없이 짓밟힌 길섶 풀잎도 봄이 되면 어김없이 숨을 쉬려는데 영장이란 것들은 한 번 눈을 감으면 뜨지 못하니 말이요. 그래도 미련이 남아 죽어서도 천국이 있다 하고, 극락이 있다고 하고, 생명은 끝없이 윤회한다고도 하더군요. 인간의 역사가 수만 년이라 한다면 한 번쯤 그런 현상을 증명할 만도 한데 여전히 억측만 하고 있으니 어떻게 고개를 끄덕일 수 있겠소. 결국, 진리란 영리한 사람들이 만들어 놓은 신성이거나 가상의 가치 앞에 끊임없이 훈육되고 최면 당한 애완세계 같은 현상일 뿐이요.

동굴 속에 살면서 눈이 멀고 청력마저 잃은 생명에게 바깥세상에는 햇빛이 있고 바람이 불고 때로는 비가 오고 눈이 온다고 하면 어떻게 이해하리오. 가장 밑바닥 직업을 택해 죽도록 일을 하면서 존재 자체를 위협받는 사람이지만, 그래도 전생에 부여받은 업보라면서 천명을 다하면 반드시 풀릴 것이라 믿고 신분제도를 고집하는 인도 사람들의 사상은 무엇이겠소. 그들은 개화된 세계의 보편적 논리나 천부적 인간권리보다 그들을 무릎 꿇게 한 세뇌에 더 깊이 종속되었기 때문일 것이요. 그러니까 진리는 몇몇 잘난 사람들의 수준으로 짜인 삽화 같은 것이라 믿는 것이요.

발길을 서울역으로 향했소. 인간은 존귀하고 죽음 앞엔 누구나 경건하게 슬퍼해야 한다는 게 어쩐지 짜인 길을 걷는 것 같아서였소.

그래서 생각 없이 다다른 곳이 먼 남녘땅이었소. 길게 늘어선 솔밭을 끼고 한가롭게 강물이 흐르는 꿈속 같은 그 언덕이었소. 어느 늦은 봄날, 가까이 다가서는 것조차 부끄러웠던 그때, 할 말이 떠오르지 않아 오래도록 강심에 돌멩이를 던지며 실없이 미소만 짓고 있었던 그 자리 말이요. 물론 마음먹고 찾은 건 아니오. 부산 태종대 부근을 거닐며 바닷바람이나 담아 올 작정이었으나 나도 모르게 가슴 한구석에 감춰 둔 꽃 같은 기억이 있었던가 보오.

가슴이 떨렸던 기억은 남아있지만, 지명을 기억하지 못하는 곳, 그 어슴푸레한 곳을 어떻게 찾았는지 신통한 생각이 두는구려. 막연하게 여기 어디쯤 작은 발자취가 남아 있으리라 기대를 하면서 물어물어 찾은 게 가상스럽게도 용케 찾게 된 것 같구려. 가슴에 무언가 채우다 보면 영혼이 되고, 애틋한 영혼은 감긴 눈도 뜨게 하는 모양인가 보오.

사람 사는 곳이라 지형은 조금 변한 듯했지만, 감정은 그대로 남아 있어 어림으로 당시 앉았음 직한 자리를 골라잡아 오래도록 강심을 바라보았소. 그런데 이상하게도 가슴 속 꽃으로 간직했던 영혼이 서리 맞은 잎사귀처럼 바싹 말라 가는 느낌이었소. 그리워하면서도 가까이할 수 없게 높이 짜놓은 세상 벽 때문 일게요. 그때처럼 물새 몇 마리 강심을 헤적이며 물살을 일으키고 있었소. 어디서 떠밀려 왔는지 강기슭에 뿌리를 내린 버드나무 가지는 푸른빛이 감돌고, 귀밑에 스치는 바람은 멀지 않아 밀어닥칠 봄빛을 이르는 것인가 보오. 솔밭 가장자리에 자리 잡은 낡은 가겟집은 그대로 있었고, 커피를 뽑아 마셨던 긴 나무의자와 목로판도 여전하였소.

떠나 온 옛집을 찾아 쓰린 마음으로 서성이듯 이곳저곳을 둘러보노라니 주인인 듯한 여인이 "닭백숙 잘합니다. 들어오세요."하고 넌지시 채근하는 게 아니겠소. 그러고 보니 어느 사이 석양이 번지는구려. 올 때 교통편이 여의치 않은 걸 참작하면 서둘러야 하겠다는 생각에 책장을 정리하듯 흩어진 추억들을 정리하였소. 그러고는 고이 가슴에 담아 다음 세상으로 가져갈 요량으로 꼭꼭 눌러가며 마음속 포장을 하였소.

돌아오는 길은 무척 쓸쓸하였소. 누구라도 옆에 있었으면 좋겠다는 생각을 했소. 내 마음을 먼 곳에 가서도 그대에게 전해줄 사람 말이요.

눈을 감지 않아도 서서히 어둠은 밀려오고, 차라리 어둠 속에서 흔적 없이 사라졌으면 좋겠다는 생각이 드는구려. 내 먼저 가서 그대를 기다리게. 잘 있구려.

이화에게 3

　며칠 전부터 산길을 따라 여행 중이오. 장엄하게 뻗어있는 태백산 골짜기를 헤매다 오늘은 고한에서 장안사로 넘어가는 비탈길을 걷고 있소. 차를 타는 시간보다 걷는 시간이 많다 보니 숨이 차고 발길이 무겁소.

　지쳐 스러지듯 길 가 풀밭에 주저앉아 잠시 쉬려는데 산빛이 너무 곱구려. 첩첩이 늘어선 산마루는 붉게 물들고 성급한 이파리들은 바람결에 실려 나비처럼 풀풀 날고 있소이다.

　어디론가 떠나려는 것 같은데 알고 보니 발밑으로 떨어지고 있었소. 세상이 내 것처럼 날마다 달마다 정열을 쌓아 온 그 무성한 여름이 어느새 만지면 한 점 푸른 물기로 뭉개질 것 같은 이른 봄 새싹의 젖내를 찾아가는가 보오. 잊고 있었던 먼 고향을 찾아가는 그런 느낌이라 할까.

　땅에 발을 딛고, 땅에 뿌리를 박고 사는 것들이라서 떠날 때를 알고 뿌리 쪽으로 이파리들은 쌓이는데 문득 그대가 떠오르는구려.

내가 생각해도 웃기는 일이요. 어딘가 마음 한쪽이 곪지 않고서야 낯선 산길 언덕에 앉아 가방을 풀고 종이를 꺼내어 이렇게 글을 쓰고 있겠소. 그것도 젊을 때나 있음직한 사무친 글을 쓰고 있으니 말이요.

그러나 어쩌겠소. 살아가면서 지독히 가슴이 아프거나 괴로울 때 몰래 한 번씩 꺼내보던 보석 같은 사진이니 어찌 남의 마음을 생각하리오. 죽도록 배가 고파 그의 눈에는 아무것도 보이지 않고 오직 한 뭉치 꾹꾹 눌러 뭉친 주먹밥만 생각나는 것처럼 눈이 멀어진 것이라 할까.

나는 지금 주린 짐승이 되어 속으로 가을비 같은 눈물을 흘리고 있소. 떠돌아다닌 지 아직 일주일도 아니 되었지만 이렇듯 허기를 느끼는 것은 모처럼 시작한 여정의 피로 탓만은 아닌 것 같소. 그보다는 활짝 가슴을 펴고 두런두런 침묵을 깨고 있는 계절의 소리를 듣고 있기 때문인지 모르오. 가만히 둘러보니, 누가 뿌린 물감이기에 그토록 퍼렇던 산하가 어느 한적한 곳을 넘어가는 황톳길 산등성이, 그 오솔길 같은 정취에 가슴이 떨리고, 덩달아 몸살을 하듯 산새들의 지저귐이 사람의 마음을 가라앉히게 하는 것 같아서요.

홀연히 한 그루 나무가 되어 여름엔 옷을 입고 가을엔 가진 것 훌훌 털고 바람과 손을 잡아 겨울을 노래했으면 좋겠다는 생각을 하게 되었소. 그리고 한 마리 파랑새가 되었으면 더욱 신 나겠다는 생각을 했소. 나무들이 종이 다르다고 뿌리치지 않고 사는 곳이 지겹다고 이리저리 옮겨 다니는 일은 없지 않겠소. 어머니 마음처럼 언제나 그 자리를 지키며 기쁨도 설움도 안으로 삼키며 침묵하고 있지 않소. 그래서 숲 속 나무가 되어 그들의 영혼과 하나가 되어 흔들림 없이 살았으면 좋겠다는 뜻이요. 또한, 반기는지는 알 수 없지만 절대 내치지는 않는 침묵의 나뭇가지를 옮겨 다니며 누구의 눈치도 살필 일 없는 파랑새의 자유와 행복감이 부러워서 새가 되었으면 하는 것이요. 어쩜 세월이 흘러 우리의 숲에는 그대도 함께 훨훨 날아다니며 가장 평화로운 노래를 하고 있으리라는 기대와 믿음이 있기 때문이요.

넋을 놓고 사념에 취하다 보니 긴 시간이 흐른 것 같소. 떨어지는 낙엽의 흔들리는 바람결이 찬 기운이 느껴지니 인제 그만 줄여야 하겠소.

아마 이달 마지막 날쯤 여정이 끝날 것 같소. 그때 석양 산 그림자가 들녘을 더듬듯 그렇게 슬며시 한번 찾아가리다. 만나서 환한 모습을 바라보며 쌓인 얘기를 나누었으면 좋으련만, 그렇지 못할지라도 담 너머 부끄러운 듯 넘겨다보는 해바라기처럼 먼발치서라도 보고 올 작정이오.

이화에게 4

　나는 지금 시간이 정지된 무심천 뚝방에 나와 있소. 파란 자운영 이 파리가 융단처럼 깔린 외진 자리에 앉아 다른 사람이 들을 수 없는 세상 밖 소리를 들으려 가슴을 열고 있소.

　강물은 자적하며 유유히 흘러가고 빈틈없이 서로를 끌어안고 있는 풀잎들은 한가히 하늘을 손짓하며 활짝 웃고 있구려. 비록 보이지는 않지만 풀숲 어디선가 화음처럼 들리는 갖가지 음색에 귀를 기울이고 있노라니 마치 꿈속을 유영하는 기분이구려. 새소리 바람 소리 꽃망울 터지는 소리가 들리고, 누군가 간절한 기다림이 있는지 매우 급하게 흘러가는 살여울 물소리도 들리는구려. 물소리는 잠시 숨을 고르며 어느 산자락에 이르고, 양지바른 비탈 한쪽엔 잔뜩 햇살을 머금은 댓잎이 서로가 몸을 비비며 신음하는 소리가 황홀하구려. 그 소리는 또한 하늘을 흔들어 늦은 봄 게으른 꽃비를 몰아오는 소리가 되고, 빗소리는 그림 같은 외딴 초가집을 흠뻑 적시며 서러운 낙수 소리로 떨어질 것이요. 어디 그뿐이겠소. 그 집 늙은 부부는 서로가 눈을 피하며 낙수 소리에 묻어나는 혼자만의 옛 추억을 떠올리며 마음속 깊이 감추었던 민망한 웃음소리가 흘러나오고, 방문 밖 멀리 땀 흘려 일궈놓은 다락 논둑에는 지난해 떠나지 못한 두루미 한 마리가 느리게 발걸음을 옮기며 고향 소리를 들으려는 듯 연신 길게 목을 빼 두리번거리며 속 끓이는 소리가 안타깝구려.

그리고 비가 오는 날이면 골목 안 옥탑 방에선 가난한 시인의 책장 넘기는 소리가 무겁게 들리고, 무언가 가슴을 채우지 못한 사람은 창문에 기대어 돌아올 수 없는 사람을 기다리며 신음처럼 숨을 몰아쉬는 그 소리가 측은하게 전해 오는구려.

이렇듯 들리는 소리, 들리지 않는 소리까지 듣고 있는데 그대 소리가 없구려. 낙엽이 구르는 것 같은 발걸음 소리가 들리지 않고, 한낮 햇살을 받아 붉게 터지는 장미 같은 웃음소리가 없네요. 꿈속을 걸어가듯 조용하면서도 힘이 느껴지는 시 읊는 소리도 들리지 않고, 마음이 아플 때 귀밑을 간질이듯 위로하며 충고해 주던 나직한 그 소리도 들리지 않는구려. 여전히 가슴엔 이명처럼 그대 소리를 숨기고 있었는데 오늘따라 왜 이렇듯 먼 메아리처럼 자꾸만 멀어지고 있는지.

사실 지난밤 꿈이 무척 불길하였소. 파란 잔디가 깔린 광야에서 나비처럼 춤을 추던 사람이 차츰 멀어지고 드디어 병렬처럼 늘어선 자작나무 숲으로 사라지는 게 아니겠소. 깜짝 놀라 따라가며 목 놓아 찾았지만, 그대는 끝내 보이지 않았고, 그렇게 가슴을 치다 잠을 깨었지만 최면에 취하여 뭔가 혼절한 느낌이 들었소.

아침을 맞아도 왠지 먼 길을 돌고 있는 것 같아 차라리 길을 나서야겠다는 생각이 들었소. 평생 나무들의 마음을 읽으며 글을 쓰는 김 교수가 떠올라 청주로 향했소. 무슨 사연인지 전화를 받지 않아 한동안 시가지를 배회하다 지루한 생각이 들어 무심천을 찾게 된 것이오.

어느덧 늦봄 햇살이 지루한 듯 서서히 활기를 잃어가고 있구려. 시간이 제법 흘렀는가 보오. 적당한 간격을 두고 몇 번 전화를 걸었지만, 김 교수의 소식은 여전히 불통이었고, 강 언저리를 거닐던 사람들은 하나 둘 빠져나가니 세상에는 나 혼자뿐이라는 적막감이 슬프게 하는구려. 불현듯 이대로 잠들 것 같아 자리를 옮기지 않을 수 없었소.

무작정 어디론가 떠나는 길에 문득 사람 사는 세상에 영원이란 있을 수 없다는 생각이 들었소. 천 년을 살 것 같은 나무도 끝내 푸름을 잃게 되고, 억겁을 버틸 것 같은 바위도 언젠가는 비바람에 마멸되기 마련인데 어떻게 사람이 영원할 수 있으리오. 그리고 사람이 없는데 어찌 마음이 있으리오. 그러면서도 가던 길을 멈추지 못하는 것은 죽는 날까지 버릴 수 없는 그대 향한 별빛 같은 영혼 때문이요.

그래서 아무리 먼 길이라 해도, 아무리 광막한 자작나무 숲이라 해도 어딘가 맑은 향기 같은 흔적이 남아 있을 것이란 믿음으로 어둠을 뚫고 달려가고 있소이다.

도착하니 아직 해가 돋기에는 이른 시간이라 버려진 강아지가 기억의 땅을 맴돌 듯 지루하게 서성거리다 아침을 맞았소. 물길이 물길을 끌어안고 남해로 멀어가는 낙동강 어귀에서 전화를 하지 않았소. 보고 싶다는 그 말을 차마 할 수가 없어 목소리만 듣고 돌아서고 말았소. 비록 인간 세상에 영원이란 있을 수 없다지만 목소리라도 간직하여 다음 세상으로 옮기는 영원을 만들 작정이었소. 마음에 쌓이면 길이 된다는 믿음으로 말이요.

항상 행복한 생각만 하시구려. 꽃이 만개할 때 쯤 다시 찾아 가겠소. 행복한 생각이 꽃처럼 활짝 핀 얼굴을 담아오게 말이요.

윤희야 1

원고 잘 받았다. 어쩌다 세상 돌아가는 속도에 무디다 보니 네가 많이 불편하겠구나. 남들처럼 컴퓨터를 응용할 줄 모르니 번거롭게 일일이 원고지에 옮겨 우송하고 있으니 말이다.

밤늦도록 생각하며 읽었다. 빈틈없는 문장이 돋보이는구나. 그리고 시적 음률을 원용한 수려한 표현은 오래도록 가슴을 감미롭게 하였다. 많은 독서와 진지한 사유는 그만큼 지식을 넓히고 문학적 기반을 튼튼히 한다는 것을 자네를 통해 새삼 확인하게 되는구나.

어쩐지 민망하고 씁쓸한 생각이 드는구나. 전에는 그렇지 않았는데 근간의 작품을 대하니 지도하는 기분이 아니라 오히려 내가 무언가 배운다는 느낌이 들어서 말이네. 놀랄 정도로 눈이 크게 뜨여 있다는 뜻이네.

그러나 좀 더 욕심을 부린다면 그것만으로는 부족할 것 같네. 기왕 고뇌의 길을 선택했다면 문학에 대한 근본문제를 좀 더 진지하게 접근했으면 하는 생각이 들어서네. 문학이란 무엇인가, 왜 문학을 해야 하는가, 문학이 언어예술이라면 미적 가치는 어떻게 정의할 것인가, 미적 이상에 적합한 언어적 구조를 갖춘 의미표상의 개념은 어떤 것일까, 문학인이 되려면 반드시 궁구해야 할 이론체계인 것이다.

더구나 수필문학의 논거는 아직 미진하거나 논란의 여지가 있는 모양이다. 수필은 형식에 구애받지 않고 붓 가는 대로 쓰는 관조적 개성적 만문이라든가, 허구를 배격하며 진실을 근거로 쓴 단상이나 수상이라든가, 초기 수필가들이 건성건성 던져놓은 논저에 묶여 학문적 체계나 논증 없이 문학이란 자리에서 작품만을 발표한 게 현실이 아니겠는가. 그러니까 학계의 방기에다 지망생 또한 특별한 준비 없이 문장수업만으로 창작에 임하다 보니 문학성 논란은 당연한 비판인지 모르네.

무리한 주문인지 모르지만, 지금부터 이론분야에 진력했으면 한다. 수필 이론의 빈약은 그렇다 치더라도, 문학이란 관점에서 개론부터 원론, 작법, 사조, 평론 등 제반 문제를 차근차근 섭렵하면 그동안 쌓은 습작 역량과 조합되어 새로운 세계가 보일 것이라 믿는다.

장인이 물품을 제작할 때는 설계가 있고 도안이 있기 마련이다. 지나친 비유일지 모르지만, 문학의 이론은 창작의 기본 설계라 할 것이다. 가령 흙을 빚어 열을 가하면 그냥 그릇이지만 선별한 재료와 최상의 기능, 미적 상상을 융해하면 예술품이 되는 것이다. 마찬가지로 지금까지는 그냥 작문이었다 가정하면 이론에 근거한 새로운 감정으로 아름다움을 탐색하고, 생명감을 불어넣고, 현상 밖의 세계가 천착 되고, 인간과 우주와 미래 앞에 무언가 의미 있는 빛을 가능케 한다면 비로소 문학이라 할 것이다.

자네는 분명 그런 능력이 있다고 생각하네. 그리고 반드시 의미 있는 작가가 될 것이라 믿네.

솔직히 말해서 나는 그 자리에 다가서지 못했네. 어쩌면 수치스럽게 글을 쓰네 하면서 남의 가슴에 혼란만 안겨준 얼치기였는지 모르네. 결국, 나의 허점과 괴란을 알려주는 뜻에서 이렇듯 장황하게 늘어놓으니 헛된 잔소리쯤으로 생각하지 않았으면 하네.

지금 창 밖 뜰에는 햇볕이 가득하구나. 그 빛을 환호하듯 파란 풀잎들은 마른 풀 더미를 비집고 손을 흔들며 거대한 역사를 만들고 있구나. 멀지 않아 꿈에서 깨어날 꽃과 열매와 완숙의 풍요를 생각하는 그런 역사를 말이다.

자네 앞에도 그런 역사가 있기를 바라며 다음 작품을 기다리네.

윤희야 2

밀포드로 가는 중 날이 저물어 킹스타운에서 하룻밤을 묵기로 했다. 허름한 호텔에 여장을 풀고 멀리 창밖으로 내다보이는 와카티푸 호수를 바라본다. 서서히 어둠이 깃드는 수평선, 조금 전 가까운 연안에서 보았던 진청 물빛은 어느 사이 검게 잦아들고 마지막 숨결이듯 희미하게 드리운 산마루 노을은 은가루를 뿌린 듯 졸리게 반짝이는구나. 어찌 인간이 가슴을 펴고 내 세상이라 말하리오. 장엄한 변화 앞에 참으로 보잘것없는 한 가닥 티끌에 지나지 않는다는 걸 느끼며 새삼 움츠리게 하는구나.

이렇듯 가슴을 풀어놓고 있으려니 문득 네가 떠오르는구나. 오늘 아침 준태에게서 네가 이번 주 토요일에 결혼식을 올린다는 소식을 들었다. 며칠 남지 않았구나. 이런저런 준비를 하느라 무척 바쁘겠구나. 진심으로 축하한다.

언젠가 결혼을 하게 되면 꼭 선생님이 주례를 서줘야 한다고 말 한 적이 있었지. 그때 단호하게 거절하진 않았지만 나보다 훌륭한 사람을 모시라고 한 말이 기억나는구나. 그리고 여행을 떠나기 한 달 전쯤 또다시 그런 대화를 나누었지만, 여전히 사양했었지. 아마 그 즈음 본격적인 혼담이 있었기에 그랬었나 보다. 참으로 기쁘구나. 아니, 기쁘다는 말로는 뭔가 마음이 편치 않구나. 글을 쓰면서 한 길로 걸어간다는 동료의식에서 쌓은 그동안의 인간관계를 생각한다면 그 자리에 참석하여 손이 아프도록 박수를 보냈어야 했는데 이렇듯 먼 곳에서 다른 사람의 전언을 받게 되었으니 섭섭하기도 하고 한 편으론 죄를 진 것처럼 마음이 편치 않구나. 그리고 그 아름다운 자리에 정성스런 증인이 되지 못한 게 오래도록 미안할 것 같구나.

사실 주례란 그리 가볍게 생각할 일이 아니라 생각한다. 흔히 누군지도 모르는 사람이 나타나 아무런 책임감도 없이 무슨 놀이를 하듯 혼례를 치르는 경우가 더러 있는데 나는 온당한 일로 생각지 않는다.

예부터 결혼은 인간대사라 했다. 우리가 과학 밖의 세계를 모르는 것처럼 결혼이란 의미가 인간의 뜻만이 아니라면 시공 밖의 절대성이 있다는 가상을 믿고 싶은 것이다. 그 밑바닥에 도덕이건 미신이건 그 어떤 학습적 통제의식이 깔렸다 하더라도 관계치 않는 것은 생명존재의 원초적 제도로서 존엄성이 유지되어야 한다는 생각 때문이다.

우리들의 삶에는 서로의 관계를 약정하는 계약이란 게 있고 보증이란 게 있다. 비록 삶의 계약과 같이 법적 책임은 없다 하더라도 결혼은 인간행위 가운데 최상의 계약이며 주례 또한 외면할 수 없는 절대적 보증인이라 생각한다. 일반적 계약은 주로 물권적 약속으로 소

정의 기간을 설정하고 있지만, 결혼이란 계약은 깨뜨려서는 안 된다는 존재의 약속이요 영혼의 약속이다. 그리고 보증인 또한 영원일 수밖에 없다. 눈을 감는 그날까지 항상 결혼 당사자의 관계가 원만하게 유지될 수 있도록 관심을 둬야 하며 때로는 박수를 보내고 때로는 무섭게 충고할 수 있어야 한다고 믿기 때문이다.

그러기에 너의 기대를 어렴풋이 짐작했으면서도 선뜻 나설 수 없었던 것이다. 우선 내 삶이 네가 생각하고 있는 것처럼 양심적이고 도덕적이질 못했고, 이렇게 살아야 한다고 당당히 말할 수 없는 염치 때문이다. 부끄럽게도 내 실체보다 더 큰 옷을 입고 항상 남을 속이고 있다는 생각에 늘 괴로워하는 처지를 주위 사람들은 모르고 있는 것이다.

윤희야, 이해할 수 있겠니. 아니, 세상을 뒤집어 생각할 줄 알고 매사를 깊이 통찰하는 지혜로운 사람이니 분명 넓게 생각하리라 믿는다.

일정대로라면 11월 9일 쯤 귀국할 것 같다. 도착하는 대로 너희를 찾으마. 어쩌다 식전에는 참석하진 못했지만, 우리 만나서 네가 좋아하는 아늑하고 소박한 산장 카페에서 가을이 깊어가는 산허리를 올려다보며 미뤄뒀던 얘기를 나누세. 그리고 결혼에 대해 너무 많은 기대를 하지 마라. 찬물을 끼얹는 것 같기는 하다만 세상만사가 기대가 크면 실망도 크기 때문이다.

그러니까 결혼이란 행복을 찾아가는 게 아니라 큰 짐을 짊어지는 것인지 모른다. 흔히 말하길 장가를 가고 시집을 간다고 하지 않나.

간다는 말은 어떤 의미에서 지금까지 안주했던 일상을 떠나 새로운 세계로 찾아간다는 말일 걸세. 새로운 세계는 창조해야 할 세계요, 지금까지 갖고 있던 내 생각과 행동을 포기하고 함께 쌓고 열어가야 할 세계일세. 바로 두 사람의 의지와 땀으로 창조되는 꿈의 세계란 말이네. 다른 말로 표현하면 행복이라고 하지.

그것을 찾아가는 길은 절대 순탄할 수 없네. 끝없이 고뇌하는 고통이 따를 걸세. 그리고 서로 이해하며 관용하고 희생하며 사랑하는 동질성이 필요할 걸세. 그러니까 풀잎이 물을 먹고 자라는 것처럼 동물이 풀잎을 먹고 커가는 것처럼 두 사람이 동질성으로 동화되어 새로운 세계를 구축하고 그곳에 꽂을 깃발이 행복이라 할 걸세.

아무튼, 그 깃발을 자네들이 꽂아 활짝 웃는 모습을 보고 싶구나. 그리고 그 깃발이 너희만의 웃음이 아니라 끝없이 펄럭였으면 좋겠다. 어느 따뜻한 봄날 시골 학교 운동장에 줄줄이 엮어진 만국기가 펄럭이고, 그 깃발이 상징되어 모인 사람들이 함박처럼 크게 웃듯 그런 펄럭임으로 마을마다 거리마다 여파가 있었으면 하고 말이다.

쓸데없는 말이 너무 길어졌구나. 그리고 왜 이렇게 허전하고 쓸쓸한지 모르겠다. 아무래도 오늘 밤은 잠을 설치려나 보다. 자꾸 서울 하늘만 어른거리는구나.

애야 · 1

    간밤에 빗방울이 들더니 목덜미가 <u>으스스</u>할 정도로 찬 기운이 몰려오는구나. 주방을 살펴보니 뭐하나 먹을 게 없어 빵이라도 구할 양으로 가게를 찾아 나서는데 무심히 바라본 목욕탕 빈터 박태기 잎이 노랗게 물들어 한잎 두잎 떨어지고 있구나. 그걸 보노라니 갑자기 무언지도 모를 슬픔이 발목을 잡는구나.

    평소에도 박태기나무가 애처롭다고는 생각을 해온 터다. 도시 땅값이 천정부지고 보니 빈터가 쉽지 않아서인지 좁은 땅에 보기에도 답답할 정도로 몇 그루 나무가 다닥다닥 심어져 있었다. 그 중에도 호두나무가 얼마나 무성했던지 높이는 말할 것도 없고 넓게 뻗은 가지는 공터뿐만 아니라 목욕탕 이 층 옥상까지 덮어 그늘을 만들었다. 박태기나무는 여유롭게 햇볕 한번 쬐지 못하고 언제나 움츠려 숨이 막혀 하는 듯했다. 더욱 안타까운 것은 틈새 빛이라도 쬐려 몸을 비틀다 아예 등 굽은 노인처럼 나무 자체가 휘어진 모습이다.

    떨어진 낙엽이 눈물 자국처럼 보이는구나. 넓게 터를 잡아 잔뜩 하늘을 가린 호두나무는 스산한 가을비쯤은 상관없다는 듯 아직도 푸른 잎을 흔들며 자적하고 있는데 박태기는 무슨 업보로 짓눌리며 살아야 하는가 하는 연민 때문이다.

아무리 생각해도 박태기는 천명을 다하지 못할 것 같구나. 만약 광야에서 아무 제약도 없이 물을 마시고, 바람을 쐬고, 햇볕을 쬐고, 자양분을 적절하게 섭취한다면 훨씬 건강하게 자랄 수 있을 텐데. 불행하게도 거대한 호두나무 위세에 눌려 병약한 눈물을 흘리며 찌든 게 아닌가 싶다.

이렇듯 상반된 두 나무의 처지를 지켜보고 있노라니 이미 잊었다 생각했던 어린 시절이 떠오르는구나.

그때 아버지는 "수양산 그늘이 강동 팔십 리"란 말을 자주 하셨다. 그리고 "큰 나무 그늘에는 많은 사람이 쉴 수 있다"고도 하셨다. 그때는 무슨 뜻인지 몰랐다. 철이 들면서 차츰 깨우치게 되었는데, 한 사람이 뚜렷하면 주위 사람은 그 영향을 받아 무언가 누릴 수 있다는 뜻이었다. 그러니까 맏아들인 형에게 유별나게 정성을 쏟는다 해도 불편하게 생각하지 말라는 설득이었다. 그 말을 믿고 가족들은 입 한번 벙긋하지 않고 운명처럼 받아들였다.

그러나 나는 그러질 못했다. 매사에 반항하고 부정하는 아이로 자랐다. 아버지의 말뜻을 이해하지 못한 탓도 있었지만 당장 차별당하는 게 싫어 가슴을 들끓게 했다. 같은 공간에 살면서, 같은 자식이면서, 형은 책상 앞에 앉아 책장을 넘기게 했고 나는 들판으로 내몰려 농사일을 도와야 하는 것이 싫었고, 형은 제때에 월사금을 내도 나는 미납자가 되어 번번이 교실에서 쫓겨나는 게 싫었다. 당시 교육 관행으로 모든 학생은 학비를 내지 않으면 수업 받을 자격이 없다는 식이었으니 말이다. 출석을 확인하면서 이름을 불러놓고 대뜸 첫 마디로 "월사금 가져왔어?" 하고 선생이 눈을 치뜨면, 차마 대답할 말이 없어 나는 고개만 숙여야 했다. 선생은 이내 알았다는 듯 큰 소리로 "돌아가 가져와" 하며 집으로 되돌려 보냈다. 그 수모와 저열감은 말로서는 표현할 수 없는 아픔이었다. 이보다 더 아픈 기억은, 어느 겨울밤이었다.

아버지와 형은 다정하게 앉아 연신 웃으며 신문을 펴놓고 낱말 맞추기 퀴즈를 풀고 있었다.

"프랑스 작가로 「슬픔이여 안녕」을 쓴 사람은?" 하고 아버지가 물으셨다. 한학만을 한 상식으로는 접근할 수 없는 문제였던 것 같았다.

형은 빙그레 웃으며,

"사강이지요." 하고 대답했다.

"아니, 칸이 여섯 갠데."

"그럼 프랑수아 사강이죠."

"옳지, 맞았구나."

하며 아버지는 흐뭇한 표정을 지으셨다. 형이 대견스럽다는 뜻이었다. 이어 다른 문제를 풀기에 골똘하시다가 다시,

"「첫사랑」, 「사냥꾼의 수기」 등 단편을 발표한 작가는?" 하고 물으셨다.

"투르게네프."

형은 조금도 주저함이 없었다. 한편 아버지는 당신의 큰 나무 그늘에 대한 심계를 새삼 확인이라도 하시듯 활짝 편 표정으로 형을 또 한번 바라보는 것이었다.

　나는 편치 못했다. 형의 박식이 부럽고 감동적이었지만 어딘가 구석자리로 밀려나는 뭉클한 소외감에 가슴이 떨렸다. 도저히 그 자리에 있을 수 없었다. 슬그머니 빠져나와 찬바람이 술렁이는 뒤란으로 스며들어 펑펑 울고 말았다.

　결국, 그러한 소외감이, 그러한 눈물이, 나로 하여금 자유를 향한 신념이 되어 막막한 광야로 나서게 했다.

　내 앞에는 아무것도 없었다. 바람막이도 없었고, 이정표도 없었다. 그냥 내키는 대로 걷다가 지치면 주저앉고, 내 길이 아니면 눈물을 훔치며 되돌아 걷는 게 내 인생이었다. 그러기에 어느 누구에게도 정신적으로나 물질적으로 빚진 일이 없고 가책할 일이 없다. 다만 생활이 힘들었고, 나를 증명할 이승의 그림자가 없을 뿐이다. 그래도 나는 행복하다. 내가 나를 믿어 하늘을 볼 수 있었으니까.

　애야! 살아가면서 큰 나무 그늘에 기어드는 불행한 짓은 하지 마라. 그늘 밑은 결코 안정되거나 보장받는 곳이 아니라 속박 받는 주종의 사슬이니라. 항상 허리를 굽혀야 하고, 강아지처럼 졸졸 따라다니며 사랑을 구걸해야 하고, 불편하면 여지없이 버려지고 짓밟히는 자리니라. 박태기나무처럼 호두나무 그늘에 갇혀 틈새 햇볕을 쫓아 몸을 비틀다가 끝내 장애인이 되어 계절과 관계없이 저도 모르게 잎을 털고 움츠려야 하는 게 그늘 밑의 운명이니라.

그러니까 자신을 갉아먹는 그늘 밑의 운명이 아니라 어떤 환경, 어떤 기회에도 속박의 덫이 되지 않는 자유의 의지가 필요 하느니라.

자유는 생명을 준 조물주가 동시에 부여한 우리의 축복이니라. 그리고 자유는 가을 하늘처럼 티 없이 높고 아득한 생명의 공간이니라. 자유는 훨훨 날아다닐 수 있는 미지의 동력이니라. 푸른 생명의 공간에 어떤 제약도 없이 날개를 펴 세계의 땅, 존엄의 땅, 꿈과 뜻이 현상으로 맞아들일 기본이 자유이니라.

말이 너무 길어졌구나. 어린 아픔을 옮긴 것은 가족과의 갈등이나 반감을 증언하고자 한 것은 절대로 아니다. 외롭다던가 내 스스로 막연할 때 한번 손이라도 잡아주었으면 하는 기대가 있었고, 그 기대가 무너졌을 때 잠시 이를 악물긴 했지만, 불화를 생각한 일은 한 번도 없다. 어쩐지 박태기나무가 내 인생 같아 참고 되었으면 하는 심정으로 장황하게 늘어놓았다. 분명한 것은 자유는 자신의 존재 이유를 확신하는 단초이니라.

애야 · 2

복개천 작은 공원을 서성이며 시간을 접고 있다. 솔직히 말해 지금 나에겐 시간의 의미는 없다. 많은 사람이 시간은 강물처럼 흘러가는 것이라 믿고 느리다 생각하는 사람이 있는가 하면 빠르거나 짧다고 안타까워하는 사람이 있다. 그러나 시간은 움직이는 것이 아니라 생각한다. 언제나 그 자리를 지키는 영원의 허상이다. 다만 인간의 생각과 육신과 존재의미가 변할 뿐이다.

나는 지금 부동의 시간 끝자락에서 침묵의 순도를 높이고 있다. 세상은 내 앞에서 젊은 힘으로 끊임없이 속도를 내고, 그 속도 속에 놀랄 만큼 뒤집히고 변화하는 환경 앞에 내가 거들어야 할 일은 아무것도 없다는 생각을 하고 있다. 그래서 내가 서 있어야 할 자리는 부동의 자리, 침묵의 자리란 걸 깨닫게 된 것이다.

우선 사람을 만나지 말아야 하겠다는 다짐을 했다. 능력이나 지혜, 용기나 활력이 없는 사람이 이러쿵저러쿵 담론에 끼어든다는 것은 옳지 않기 때문이다. 고향을 떠나 낯선 곳으로 삶의 터를 옮긴 것도 그런 이유 중의 하나다. 전연 모르는 사람들 속에 섞여 살다 보면 아는 체해도 그만이고, 그냥 지나쳐도 무방한, 그야말로 사람 속의 무인도에 몸을 숨기는 꼴이니 경박한 허물은 남기지 않으리라는 안도감이 나를 편안하게 할 것 같아서다.

그리고 이 사람 저 사람 전화번호를 적어놓고 그게 무슨 세상사는 길인 것처럼 걸핏하면 시시콜콜 너스레를 떨어야 했던 기억을 지워야 했다. 젊을 때는 친교를 두텁게 하다 보면 때로는 보인이 될 수 있고, 내가 볼 수 없었던 세계와 만날 수 있다. 그러나 미래가 보이지 않는 어슴푸레한 시점에 고집스럽게 그걸 계속 믿거나 미련을 가진다면 이는 허영이요 망상일 것이다.

꽃이 필 때가 있으면 질 때가 있다. 밝을 때가 있으면 어둠이 있기 마련이다. 이 같은 자연의 섭리처럼 인간에게도 순리란 게 있다. 된서리가 대지를 덮었는데 발버둥을 친다고 잎이 떨어지지 않겠는가. 운명이란 게 등을 떠미는데 억지로 반항한다 해서 비켜가는 일이 있겠는가. 연륜에 따라, 능력에 따라 제자리를 찾아 나설 줄 아는 사람이 세상을 읽을 줄 아는 사람이 아니겠는가. 그래서 수첩의 전화번호를 하나하나 지우며 이제는 거의 빈 수첩이 되었다.

나는 그런 생각으로 지금 복개천 연못가에서 죽은 미꾸라지를 보며 관심을 둘 수 있는 것이다.

말이 연못이지 어릴 때 흙 범벅으로 뒹굴었던 그런 둠벙이 아니다. 시멘트로 칸막이를 만들고 물을 가두어 연꽃 화분 몇 개를 잠겨 놓았을 뿐이다. 그 속에 누가 풀어놓았는지 초여름부터 미꾸라지 몇 마리가 꼬리를 흔들며 자적하고 있었다. 삭막한 도심 속에 들판 도랑에나 있음직한 미꾸라지가 있다는 게 흥감스러워 하루에도 몇 번씩 눈을 맞추곤 했다. 그런데 두 마리가 시체로 둥둥 떠 있다.

왜 죽었을까. 누가 몰래 독을 풀었을 리는 없고, 일부러 목을 죄어 죽었을 리도 없다. 그렇다면 굶어 죽었을까. 그럴지도 모른다. 어느 해변에서 주워왔는지 반질반질 윤이 흐르는 검은 조약돌이 의심스럽다.

찬바람이 불면 미꾸라지는 월동을 위해 땅속으로 몸을 숨기는 습성이 있다. 그런 생리를 고려하지 않고 누가 풀어놓은 게 원인인지 모른다. 그러고 보니 죽은 미꾸라지의 몸에 긁힌 흔적이 보인다. 숨을 곳을 찾으려 자갈바닥을 비집다 생긴 것 같다. 그리고 방사하긴 했지만, 누구 한 사람 생존을 위한 먹이를 앗아 주는 배려가 없었던 것도 중요한 실수라 생각된다. 여름이 지나고 가을이 다 가도록 봄에 본 몸집 그대로였으니 말이다.

고향마을 도랑에서 보아온 미꾸라지는 그렇지 않았다. 이맘때가 되면 누렇게 살진 몸으로 좀 더 수월하게 겨울을 보내려는 듯 뭣이든 더 챙겨 먹으려 수초를 헤집으며 바삐 움직였다. 적절한 환경을 찾아 자유로운 의지로 살아가려는 생명의 본 모습이었다.

무슨 빌어먹을 운명을 타고났는지 미꾸라지는 얼굴도 이름도 모르는 무심한 손에 잡혀 자유도 희망도 없는 영어의 몸이 되고, 항상 굶주림에 허덕이며 지나가는 사람들의 눈요깃감으로 재롱만 부리다 끝내 겨울 집마저 찾지 못한 채 깊은 상처를 입고 목숨을 거둔 것이다.

사람이건 다른 생명이건 그가 지닌 자유를 희롱해서는 안 된다는 생각이 드는구나. 인간에게 권능이 있는 것처럼 모든 생명도 저마다 누릴 천부적 권능이 있기 때문이다. 약육강식이라 할까, 자연의 법칙이라 할까, 생존유지를 위한 먹고 먹히는 투쟁은 어쩔 수 없지만, 그 것도 아니면서 모든 생명은 인간을 위해 존재한다는 소유론적 관념으로 침탈할 수는 없다. 사람이 사람의 생명을 거둘 수 없는 것처럼 다른 생명도 함부로 희롱해서는 안 된다는 것이다.

어쩌다 이야기가 다른 곳으로 흐른 것 같구나. 사실 미꾸라지의 죽음을 보면서 인간의 무분별한 오만을 얘기하려는 것은 아니었다. 세상을 살아가면서 자신의 역할이 무력할 때 궁색하게 버티려 하지 말고 외롭지 않게 조우할 수 있는 대상이 있다는 걸 말하려는 것이다. 그것은 산천일 수도 있고, 바람일 수도 있고, 아득하게 높아 보이는 창공일 수도 있고, 들풀이나 산새나 오가는 사람들의 뒷모습일 수도 있다. 그들은 말하지 않고 다가서거나 멀어지지도 않는다. 내가 마음을 주면 언제나 그 자리에 있고, 대화할 수 있고, 사랑할 수 있다.

몇 해 전부터 나는 묵언의 상상을 친구로 맞이하였고, 그래도 가슴에 구멍이 뚫리면 슬며시 복개천 연못을 찾아 애처롭게 할딱이는 연잎과 감금되었으면서도 처연하게 유영하는 미꾸라지와 이야기를 나누었던 것이다.

그들과의 대화는 언어나 머리로는 불가하다. 가슴과 영혼으로 마음을 건넨다. 그리고 얘기의 주제는 너절한 세상 얘기가 아니다. 궁상맞은 삶의 얘기도 아니다. 삼각산 단풍이 참으로 곱다든가, 두물머리

수평에 철새들이 찾아왔다든가, 앞집 감나무에 붉은 감 두 개만 남겨 두었다더라든가, 귀찮아하거나 미워할 수 없는 그런 얘기들이다.

저녁노을이 아름답긴 하지만 뜨겁게 타오르는 정열은 없다. 세상 한복판에서, 인간의 중심에서 멀리 비켜선 자리에서 꿈을 꾸듯 마음을 거두지 못하고 우직하게 손을 내미는 것은 옳지 않은 일이다. 새싹이 돋고, 꽃이 피고, 열매가 열리고, 그러다 잎이 지고, 열매를 거두는 일이 다 때가 있는 것처럼 사람도 그렇게 살아야 한다고 믿는다.

그러므로 지금 내 생활을 부담스럽다거나 걱정스럽게 생각할 일은 아니다. 내 생각이 그런대로 잘 준비되어 있으므로 기쁘게 하늘을 쳐다보며 웃고 있는 것이다.

어차피 인생은 혼자 걸어가야 하고, 혼자 감당해야 할 짐이니까. 그 때문에 너희가 내게 베푸는 관심이 고맙기는 하지만 평정했으면 좋겠다. 항상 사랑하고 또 자랑스럽게 생각한다.

애야 · 3

시드니 동부 해안 본다이비치 캠팍 언덕에서 이 글을 쓴다. 아득한 수평선, 끊임없이 밀려오는 파도, 그 파도를 막으며 한 치도 물러설 수 없다는 듯 육중하게 버티고 늘어선 붉은 절벽 난간에서 너를 생각하게 되는구나. 내 머릿속에 남아있는 많은 사람 가운데 이 풍광을 전해주고 싶은 사람은 오직 너밖에 없는 것 같아서다. 그만큼 너는 큰 모습으로 나를 붙잡고 있는지 모른다.

누군가 옆을 지나면서 이곳을 일러 자살바위라 했다. 세상살이를 비관한 사람들이 절벽을 뛰어내려 생을 마감하는 일이 잦다보니 은연중에 붙여진 명칭인 것 같다.

언젠가 비행기에서 아래를 내려다 본 일이 있다. 풋솜처럼 곱게 깔린 구름이 보이더구나. 순간 가슴이 풀어질 만큼 포근함을 느끼며 무작정 뛰어내리고 싶은 충동을 느꼈다. 이곳 풍정이 그때의 풍경을 연상하리만큼 황홀하구나. 다만 하얀 구름과 푸른 물결이 다를 뿐 가슴에서 끓어오르는 감흥은 오래도록 나를 잊게 하고 있으니 말이다.

어쩔 수 없이 모래알 같은 작은 입자가 되어 가슴을 뜯고 있는데 동행한 K 교수 부인이 다가와 "왜 혼자 왔느냐"고 물으며 측은하다는 표정을 짓는 게 아닌가. 일행 다섯 명 모두가 부부 동반하였으니 맹물에 기름 돌듯 나 혼자 쭈그리고 앉아 글을 쓰는 모습이 마음에 걸렸던 모양이다. 나로서는 그런 비극적 감정이 아닌데, 처음 대하는 황홀한 정취를 어떤 표현으로 너에게 전할까를 생각하고 있을 뿐인데, 그는 왜 이상한 눈으로 나를 짚고 있었을까. 갑자기 일행 중 이방인이 된 기분이 들어 가슴이 얼얼해지더구나.

부인의 관심이 못내 짜증스러워 슬그머니 일어서려는데 "왜 일어나세요?" 하고 다시 말을 걸어왔다. 성가신 기분을 내색할 수 없어 "물빛이 아주 곱네요." 하고 밑도 끝도 없는 동문서답으로 자리를 피할 수밖에 없었다.

얼마간 다른 길을 걷다 보니 이번에는 몇몇 젊은이가 스케치북을 펴들고 장엄한 풍경을 옮겨 담고 있었다. 슬며시 다가서며 등 너머로 바라보니 그럴싸한 모사 같았지만, 바다와 언덕 쪽으로 눈을 돌려 비교하니 이건 바람결에 날리는 한갓 마른 풀잎에 지나지 않았다. 다만 그들의 눈빛과 떨리듯 움직이는 손놀림이 아름다울 뿐이었다.

가끔 사람들은 기묘한 풍치를 보면서 한 폭의 풍경화를 보는 것 같다는 말을 한다. 얼마나 오만한 말인가! 사람의 능력으로 접근할 수 없는 게 우주의 신비일진대 어떻게 사람의 손놀림에 비유할 것인가. 그러기에 어느 선견자는 사람을 일러 두 눈으로 허공을 믿는 문맹자라 했는지 모른다. 간혹 사람들은 개나 소를 일러 소 새끼, 개새끼로

업신여기지만 그들의 눈으로 유추한다면 인간을 향한 표현은 어떻게 될까를 생각하게 하는 대목이다. 어쩜 세상에서 제일 나쁜 동물은 인간 새끼라 칭할지 모른다. 물론 그림을 그리는 행위나 무심결에 쓰일 수 있는 말투를 두고 시비를 걸자는 뜻은 아니다. 자연과 생명 앞에 겸손하지 못한 인간의 오만이 무섭다는 것이다.

시간이 많이 흐른 듯하구나. 숙소로 가는 길목에 블루마운틴이 아름답다고 하니 잠시 그곳에 들러야겠다. 잎사귀마다 푸른 정기를 뿜어내며 하늘까지 물들이는 유칼립투스 숲 속에서 인간의 짐을 내려놓고 나무와 물소리와 새소리에 가슴을 풀어헤치고 꿈이라도 꾸고 싶구나.

내일은 뉴질랜드 남섬 크라이스트처치로 갈 것 같다. 언젠가 바람처럼 지나온 밀포드의 장엄한 설산과 계곡 길목에서 본성을 버린 채 사람과 교감하는 독수리를 닮은 앵무새 떼를 만나고 싶어서다.

그곳에서 벌어지고 있는 신의 소리와 몸짓을 느끼며 또 글을 전하마. 언제나 자연처럼 침묵하면서도 목소리가 있고, 몸짓이 없으면서도 울림이 있는 그런 인품을 생각했으면 한다.

애야 · 4

그날 전화가 왔을 때 얼결에 공주에서 볼일을 보고 있다고 했지만, 사실은 시골집에 있었다.

너희 생각에는 아비 생일을 그냥 넘길 수 없다는 부담감이 있었는지 모르지만, 나로서는 특별한 자리를 마련하여 축하를 받는다는 게 편치 않아서다. 시인 패트모어의 문장이었던가. "인생에 기쁨이 없으면 그건 인생이 아니라"고. 아주 젊을 때 이런 구절을 읽고 왠지 나를 두고 하는 귓속말 같아 나에겐 이생이 없다는 생각을 했다. 세상을 향해 겨우 눈이 뜨일 쯤 내 주위에는 사람이 없다는 걸 느꼈기 때문이다. 아니, 사람이 없는 게 아니라 나를 이해하여 줄 따뜻한 눈과 가슴이 없었다는 것이다. 어머니는 일찍부터 다른 세상으로 떠났고, 아버지와 계모와 형님은 함께 살았지만 언제나 먼 곳에 있었다. 겨울 강변처럼 싸늘한 기운이 감도는 그분들의 뒷모습을 멀거니 바라보면서 내가 기댈 곳은 아무 데도 없다는 걸 절감한 것이다. 꿈이 현실이 될 수 없는 것처럼 같은 공간에 숨을 쉬고 있었지만, 마음으론 날마다 다른 길을 걷는 기분이었다.

그 길은 막막하고 외로운 길이었다. 별빛마저 보이지 않는 어두운 길이었다. 술 취한 사람처럼 발길마다 휘청이는 고통의 길이었다. 앞으로 나아가려 발버둥쳤지만 언제나 고꾸라진 그 자리에 머물러 있었다. 더는 가슴을 쳐야 할 힘도 없었고 흘릴 눈물도 없었다.

그때부터 태어난 걸 가슴이 찢어지도록 후회했다. 물론 내 뜻으로 얻어진 생명은 아니지만 어쨌든 운명처럼 맡겨진 업보니 죽는 날까지 끌고 갈 일이 막연했기 때문이다. 그림자에 생명이 없는 것처럼 영혼 없는 형상으로 무엇엔가 끌려다니는 느낌이었다. 그런 허상에 생일 운운하는 게 우습지 않으냐. 그래서 생일을 기억한다는 게 편치 않았다는 거다.

나이가 들어서 나를 어둡게 한 것은 살면서 책임 있는 가족, 좋은 아버지가 되지 못한 자책감이 나를 움츠리게 했다. 그리고 또 하나 칼자국처럼 깊게 파인 상처가 있다. 그립거나 미운 기억 하나 남기지 않고 푸른 나이에 세상을 떠난 어머니에 대한 연민과 가정을 이루고 살면서 미움만을 가슴에 안고 홀연히 떠나버린 아내에 대한 죄업이다. 아마 겉으론 표현하지 않았지만 너희도 무척 서운하고 실망했을 것이다.

이렇듯 기쁨은커녕 후회만 가득한 삶을 어찌 인생이라 할 것인가. 인생이 아닌데 무슨 생일이 있겠는가. 내 뜻이 이럴 진대 다음부터는 마음 쓰지 않았으면 좋겠다. 그리고 인생이란 어차피 아이러니가 아니냐. 진실인 것 같으면서도 농담 같은 것이고, 현명한 것 같으면서도 우매한 것으로 생각한다. 이 연극 같은 삶에 태어나고 살아가는 게 뭐 그리 감격할 일이냐.

　무심히 올려다본 라일락 가지에 오늘은 산비둘기가 날아들었구나. 참새들이 조잘거리던 그 자리를 점령한 그들은 무언가 큰 소리로 구구거리는데, 말을 하는지 웃고 있는지 알 수는 없지만, 무척 다정해 보이는구나. 그들의 얘기가 궁금하다. 그러고 보니 번듯한 성찬 앞에서 게으른 젓가락질을 하는 것보다 꽃을 털어버리고 무성히 잎을 키우는 라일락과 산을 비우고 몰래 날아든 산비둘기의 조화가 마치 오원의 병풍도를 보는 것 같아 가슴이 더 넉넉하구나.

　너희 마음 씀씀이는 매우 고맙고, 그렇게 마음 쓰도록 좀 더 깊은 곳으로 스며들지 못하고 지근에서 맴돌아 미안하다.